藤井樹唯一推薦作者
最具爆發力的網路人氣王

穹風 著

花的姿態

每個人的青春，都有過這麼一段戀情，
只要能遠遠看著那個身影，每個明天就有了意義

第一年，妳沒回來。但我記得妳。
第二年，我走了，跟妳一樣。
第三年，我等了好久。
第四年，後悔，沒有留住妳。
第五年……

我好想知道，第五年，你在想什麼，
是否，像我想你一樣想我。

雖然已相隔太漫長的時光，走了太遙遠的距離，當我剪去一頭長髮，又再留起一頭長髮；當我飛過那一個小時時差，又從一個小時的時差裡飛回來，反反覆覆，曲曲折折，好不容易，終於能夠走回故事開始那個最初的地方時，一切都還近得像昨天一樣。

於是我笑了。不再像過去那樣仰賴往返載客的電車，我獨自開車，繞行蜿蜒的小山路，回到故鄉。在雲煙飄渺，薄薄霧中，還看得見周圍墨綠色的群山巒疊，看得見整個村子每一戶的屋頂，也看得見被遊客破壞得亂七八糟的車埕車站。我回頭，三元宮平靜依舊，不知道三官大帝最近好不好，不知道祂有沒有好好照顧這村子裡的每一個人，這幾天多雨，不曉得三官大帝是否也庇祐著他，讓他別多受風寒。那個人的抵抗力一向弱，說不定淋場雨就又病了。大家都相信三官大帝，我猜祂一定會幫我照看著他的，那個讓一枚眞的戒指，套上我右手無名指的男孩……不對，現在他可是個男人了。

第一章

那是我太渴望回首，卻又不堪回首的童年。

那時節，我努力生長出青綠色的嫩芽，卻忘了自己只是荒稗裡的一株野芹。

於是風雨掩覆了青春，最終只留下你刻寫我名字的記憶。

就要走了，就要走了，當純眞的往事融化進蒼翠的山城風景裡。

我相信那不是最美的天堂，因爲東京街頭不會有你的身影。

01

四月初春的上午，太陽才剛露臉，雲就忽然聚攏了過來，跟著掩住半邊天空。升旗典禮時我不時抬眼看，想像著那雲層深淺不一的灰白色可以幻化成什麼圖形。不到中午，開始滴落幾滴雨水。午休，我在訓導處著裝準備糾察隊的執勤時，已經下起滂沱大雨。

「爛天氣。」羽華在簽到板上簽了名，望著窗外，問我早上是怎麼回事。

「還不就那回事？」嘆口氣，我說。

這村子很小，小得不能再小，平時誰家裡一點聲響，都能輕易傳到鄰居那邊去，更何況是天才剛濛濛亮起，靜謐的清晨六點多？我爸帶著一身酒氣回家，還來不及閃身上樓，就恰巧碰上了從廚房裡走出來的媽媽。

「妳爸到底去哪裡鬼混？」羽華又問。

「我哪知道啊？」我苦笑，「我要是知道的話，我媽也一定會知道；我媽要是知道的話，那我爸大概就死定了。」

我倉皇地離開家，不想看見那樣的紛爭。不管幫誰都不對，而且也沒有我開口說話的餘地，所以拉著妹妹，三步併兩步急急地出門，匆忙間，我連午餐的便當都忘了帶。

剛剛吃飯時，羽華問我桌上怎麼空著，我說不餓，但她還是把她飯盒裡的雞腿給了我。她媽媽一直都是這樣，把雞腿滷得又油又膩，讓非常在意身材的羽華食不下嚥，所以每次都是我幫忙吃。

「妳有本錢，就拜託了。」把雞腿挾給我時，她說。

我哭笑不得。她是養尊處優的大小姐，保持身材與美貌是她的生活重心。人如其名，羽華、羽華，就應該是華麗而美好的模樣。吃完雞腿，我到廁所洗手時，對著鏡子裡的自己端詳許久，果然我的名字取得不好，采芹采芹，無論多精采動人，也不過就是一株長得很好看的芹菜而已。

學校不大，只有兩棟主要建築，巡視評分的工作很簡單，不過十來分鐘就能完成。我跟羽華走在前面，後面另外還有兩位二年級的學姊。晃完一圈，塡寫好秩序與整潔分數後，學姊帶我們走向校舍後面的圍牆。這是訓導主任最近才新增進來，要求糾察隊巡視的區域。因爲那道原本就不怎麼高的紅磚牆，這陣子又多了個缺口，經常有學生趁午休時間從這兒偷溜出去，到鎮上的電玩店，就此流連忘返。

「怎麼可能跳得出去？」羽華低聲說，語氣裡充滿了懷疑。

老實說我也不太相信，畢竟圍牆雖然破了個大洞，但也不過就是牆頂少了幾塊磚頭，仍然有將近我們胸口的高度。而且這片圍牆外還有一條瀰漫惡臭的小水溝，要眞有人想翻出去，也得先攀上圍牆，跳過水溝，然後再從一片雜草叢中走出去才行。

走到和學生午睡的教室有一段距離後，我們的步伐慢了下來，也開始小聲談話。學姊說增加這條巡視路線其實是有必要的，因爲上個星期，另外一班的糾察隊就眞的看見幾個學生翻牆出去。

「就算看見了又怎麼樣呢？難道要我們跟著跳出去？」羽華問。

「叫妳走就走嘛，多走幾步路又不會死。」我輕輕碰了她手肘一下，「不會這樣就變蘿蔔腿的，安啦。」

雨勢雖然緩和不少，但天空依舊飄著細細雨絲。我們小心翼翼地踩著青綠色的草坪，每踏出一步，就感覺到有水從草縫間滲出來。我怕鞋子沾溼弄髒了，所以每步都踏得很輕。

因爲下雨的緣故，放眼看出去，到處是霧濛濛的一片，小鎮四周山巒起伏，不過學校位在較高的台地上，隱約可見遠處的山色。這一帶雖然因爲觀光業的發展而大幅開發，但鎮上許多地方，跟我小時候比起來並沒有太大差別。

腳步放輕，速度也就慢了些。羽華還在碎碎唸個不停，我只是微笑。因爲她，我才會加入糾察隊。羽華有個大她五歲的姊姊，也是我們學校畢業的，國一入學時，她大姊就親自帶著這個寶貝妹妹拜會各個師長，連她父親也一起來了。說起來，徐家也算地方上有頭有臉的人物，雖然住在與小鎮中心有段距離的村子，但羽華的父親是這所國中的家長會長。甫一入學，羽華立刻就被選入管樂隊跟糾察隊，下學期要徵選學校司儀時，她肯定也會是熱門人選之一。

至於我，什麼也不是，我爸是個坐過牢，在建築工地出賣勞力的酒鬼，我娘是個鎮日埋怨丈夫的平凡婦人，而我則是一株芹菜。不過沒關係，我還是加入了糾察隊，手臂上戴著令人敬畏的糾察隊臂章。理由無他，只因爲我家住在巷頭，羽華家住在巷尾，我們在小學時就是好姊妹，現在一起搭車通勤。我每天起床後的第一件事，就是打電話去徐家，把徐媽媽叫醒，然後徐媽媽再把她這個寶貝小女兒從床上挖起來，好讓我陪她一起趕電車上學。蒙她之故，我理所當然地也跟著被選入糾察隊。

「如果眞的看到有人正在爬牆，妳說我們該怎麼辦才好？」羽華忽然問我。

「我也不知道。」我搖搖頭。

眞的會有人要翻牆出去嗎？他們難道不怕沒踩好腳步，跌進那條臭水溝裡嗎？我感到非常納悶。念小學的時候，我們學校的圍牆似有若無，誰都可以大方地走出去，繞過小車站，在短短一個下課的時間跑回家裡。上國中後，看到學校有圍牆，眞的很讓人不習慣。圍牆邊一片安靜，絲毫不見人影，我們朝四周望了一下，確定沒有異狀，學姊便下令收隊，準備各自返回教室上課。

「等等！」羽華忽然一聲低呼，手指著圍牆邊的整排榕樹，「那邊！」

大家都愣了一下，轉頭過去，果然隱約看見有人影晃動，兩個男生居然從樹上跳了下來，接著立刻攀上圍牆，作勢要跳出牆外。我們拔腿往牆邊快步跑過去，再也顧不得腳步濺起的泥濘會弄髒衣服。我們奔到牆邊時，那兩個人已經縱身躍了出去，其中一個很順利地越過臭水溝，跳進草叢中；至於另外一個就倒楣了點，他剛好落在水溝邊，又剛好今天下雨，泥地溼滑，一個立腳不穩，就這麼掉進惡臭的水溝裡。

「楊博翰！」羽華大叫一聲，指著那個已經滿身黑泥的倒楣鬼。

我也認出來了，楊博翰跟我們同屆，都是國一，住在和我同一個村子的坡底，在火車站旁邊，他家開雜貨店，我們國小就已經同班六年了。

「另外一個呢？」學姊引頸張望，不見另一個安全降落的傢伙，趕緊問。

「不必找了，我知道他是誰。」羽華說：「楊博翰的拜把兄弟嘛，另外一個肯定是劉建一。」

那瞬間我心中一顫，當聽見羽華嘴裡說出「劉建一」這三個字的時候。

✧

故事就從這道圍牆邊開始，但卻沒有結束的那一天。

02

很久很久以前，差不多是國小二年級時，曾有過那麼一次，記憶雖然有些模糊，但我還約略有個印象。那陣子，班上的男生們常在教室外頭的走廊上玩瘋了。他們玩的是踢罐子的遊戲，當鬼的那一個要像捉迷藏的鬼一樣，遮住眼睛，這時其他玩家要一腳把罐子踢飛。接著，這個當鬼的去把罐子撿回來前，玩家們必須躲好，然後趁這個倒楣鬼放下罐子，到處找人時，趕緊偷溜回來，再把罐子踢飛。如果又要去踢罐子前，不幸被當鬼的抓到的話，那麼就換被抓到的人當鬼。

老實說我覺得這遊戲還挺愚蠢的，一個罐子踢來踢去到底哪裡好玩，我完全無法理解。那天中午，剛吃過飯不久，男生們又玩起這遊戲。趁著倒楣鬼四處找人時，我看見其他人偷偷摸摸從角落裡鑽出來，蜂湧而上要去踢罐子，哪知道倒楣鬼剛好回來，大叫一聲，一群人你推我擠，結果通通摔倒在教室門邊，不曉得誰非常不幸地撞到了門上的玻璃，一大塊碎片掉了下來，精準無誤地插在其中一個男生的手臂上，那個倒楣到家的倒楣鬼，就是劉建一。

當他血流如注時，座位就在門邊的我，順手拿了手帕給他止血。班長叫我送他去保健室包紮，自己卻跑去報告老師。

保健室的護士阿姨把手帕拿開，非常迅速地完成包紮止血，然後問我是不是班長。

「不是。」我搖頭。

「那是衛生股長嗎？」

「也不是。」我又搖頭，告訴護士阿姨我只是他班上同學。

「嗯，那不錯喔。」護士阿姨笑著對劉建一說：「她對你那麼好，你以後要不要娶她當新娘子？」

我只記得阿姨的那句話讓我面紅過耳，當場害羞得不知道該說什麼才好。護士阿姨還拿起透氣膠布，撕下一截來，捲捲捲地圈成一個環，叫劉建一送給我當戒指，她說：「以後記得買個眞的送給妹妹喔，知道嗎？」在保健室一群阿姨們的笑聲中，他也滿臉通紅，而我更是早就說不出話來了。從此之後，我比以前更常注意劉建一。

而後不知道過了多久，忘了是爲什麼，有一回，我媽帶我到三元宮拜拜，說要還一個願。那天，天氣很晴朗，有點熱。整個村子地勢最低的，是那時我還在念六年級的車埕國小，旁邊是車站，然後才是一片沿著山坡往上建的房舍。而山坡最高處，就是供奉三官大帝的三元宮。

我幫忙提著供品，還沒走到廟門口，就聽見一個阿婆的叱喝聲，她正在責罵一個不肯聽話的孫子。我沒有理會，跟著媽媽把供品擺好，點了幾柱香，讓媽媽拿到大香爐邊先拜天公，然後才對三官大帝祝禱。等媽媽時，我有意無意地聽著那個阿嬤罵人的內容，似乎她希望這個孫子去做一件什麼事，但那男孩非常不樂意。然後我也看見了身上穿著三元宮寺廟衣服的一個中年男人，幫著阿嬤正在勸說那孩子。其實我知道那小孩是誰，他就是劉建一。

對於跟我前後幾屆的人來說，劉建一這三個字並不陌生，因為學校經常廣播到他的名字。也有過幾次，在升旗典禮上，劉建一被叫上台去領獎。我們全校的學生總數還不到百人，而他正是我們之中書法寫得最好的學生，一幅龍飛鳳舞的蘇東坡〈赤壁賦〉就裱框懸掛在教務處外面的牆壁上。

「他們在吵什麼？」拜完，收拾好東西，順著階梯慢慢往下走時，我忍不住開口問媽媽。

「他阿嬤要把他送去給神明當小孩，可是那個小孩不肯。」媽媽說。

「送去給神明當小孩？」我一頭霧水。

媽媽微笑一下，沒有多加解釋，卻對我說：「如果妳不乖乖讀書，我就把妳也送出去，給別人當小孩。」

那時候的我不太明白，為什麼平凡人可以把自己家的小孩送去給神明當子女，更不明白這麼做的意義何在。那一天，我留下滿肚子的問號，跟著媽媽回家，腦海裡全都是那個畫面：一個大約六十開外的老婦人，滿臉憤怒與不耐，拉著孫子不斷叨唸；而旁邊廟方人員壓抑著性子不斷勸說，但臉上也早已經是煩惡到極點的表情；只有那個倔強的男生，一直默默地低著頭。我看不清楚他的臉，只見他不停搖頭，堅持著要回家。那樣子，很不像我認識的劉建一。

後來，那天楊博翰跟劉建一在訓導處外面罰站了兩節課，而且楊博翰身上還有刺鼻難聞的水溝臭味，每個人經過時都掩鼻快步，沒有人願意多停留一秒鐘。

這兩個人從我們小學時就很有名氣了，但出名的原因卻不太相同。劉建一除了書法，國語文的造詣也不差，經常在學校舉辦的作文比賽中贏得獎項。但楊博翰之所以會被大家認識，是因爲他家開的是我們村子裡唯一一家雜貨店，就在車站旁邊，當然誰都知道他。而且這個人非常樂善好施，經常把家裡的糖果或飲料拿到學校和同學分享，搏得了「敗家子」的美名，我們以前常聽到楊媽媽追打兒子時，嘴裡喊出的就是那三個字：敗家子。

「其實我覺得楊博翰也挺帥的，要是他不那麼蠢的話。」我們在訓導處裡，把今天登記的各班整潔與秩序分數一一塡寫到牆邊的大白板上時，羽華小聲對我說。

來。

「可是他蠢又不是一天兩天的事，應該好不了了。」我搖頭，然後跟她一起笑了出來。

從窗邊偷看出去，楊博翰的嘴裡似乎一直唸唸有詞，不知道在嘮叨什麼，而劉建一則一臉無所謂的樣子，好像被罰站的人根本不是他。

「劉建一變了很多，跟以前很不一樣。」羽華又說。

「妳怎麼知道？」

「妳看他以前的成績，跟現在差多少？」羽華說：「他小學的時候那麼厲害，得了那麼多獎，可是現在呢？已經國一下了，上學期學校辦了好幾次才藝比賽，他什麼獎也沒得過。」

「也許他沒參加。」我試著幫他找理由。

「他怎麼可能沒參加？他自己不參加，導師難道不會叫他去？」羽華搖搖頭。

我無言以對。因爲劉建一現在沒沒無名是事實，經常進出訓導處也是事實。上星期我沒執勤，所以不知道他是不是也同樣惹事了，不過他不只今天爬圍牆被逮，上上星期他也在這裡被主任斥喝一頓，因爲他跟楊博翰在廁所偷抽菸被抓到。

「葉老師，妳看要不要通知家長？」忽然，背後傳來訓導主任沙啞的聲音，「這兩個小鬼不是第一次出狀況了，這樣下去不行。」我跟羽華同時停下手裡的動作，一起屏氣凝神地偷聽老師們的對話。

「楊博翰他家長我可以通知一下，但是劉建一呀，大概就很難了。」葉老師是位大約四十來歲的中年女人，說話非常和緩輕細，我很喜歡上她的英文課。她說：「前兩個星期我打電話去他家，是他外婆接的。我原本想關心一下，問問從他國小畢業到現在，家裡的環境到底怎麼樣了，結果說了半天，他外婆根本聽不懂我要問什麼。」

「他父母呢？」主任問。

「都不在了啊。」葉老師嘆口氣，「問半天也問不出個所以然。總之，這小孩很悶，外表看起來沒什麼問題，但骨子裡恐怕很叛逆。」

「眞是可惜了……」訓導主任也嘆了口氣，我偷瞄一眼，瞥見他用非常惋惜的眼神，看著還在窗外罰站的劉建一。

走出訓導處後，我跟羽華一起去福利社。沒有零用錢的我，一點都不想進去，倒是羽華出來時，手上拿著兩瓶黑松沙士，遞了一瓶給我。

「不要請我喝東西，感覺很奇怪。」我皺眉，嘴裡這樣說，但還是接了過來。因爲要是不拿的話，羽華肯定會跟我囉唆很久。

「妳不知道一個人喝飲料很無聊嗎？」她說。

我笑著沒再多話，只是心裡一直想著訓導處裡，主任跟葉老師的對話。劉建一他家發生了什麼事嗎？小村子裡沒有所謂的祕密，誰家一點小事很快都會傳得人盡皆知，怎麼我卻沒聽說過半點風聲，甚至連一向消息最多的羽華都不知情？

放學後，在水里車站還看見劉建一跟楊博翰，但上了車就不見人影，不曉得他們在哪節車廂，抵達車埕站時也沒看見他們下車。我們沿著坡往上走，這幾年來，車埕這個小地方，靠著觀光業的發展，一些人家的生活品質都隨之改善。像羽華她家，原本家境就已經不錯，現在因爲經營民宿和餐廳，所以更加賺錢了。而我們這種原本就一無所有的，反倒只覺得，一堆陌生觀光客，每到星期天跑來不知道要幹麼。

「喂！」還沒走到我們兩家住的巷口，聽見山坡最上面傳來好長一聲吆喝。抬頭，赫然看見楊博翰。「妳們兩個來一下！」他就攀在山坡頂處，三元宮廟前戲台的欄杆上，對著我們招手。

「幹什麼？」走上去，羽華用帶點戒心的口吻問。

山坡頂上是個平台，三元宮蓋在平台上，是兩層樓建築。廟在二樓，一樓是活動中心。我們站在下面往上看，旁邊兩隻剛剛睡醒，非常慵懶的野狗晃了過去。生性怕狗的我讓了讓腳步，再抬頭時，發現劉建一就站在楊博翰身邊。

「大家好歹住在同一個村子裡，不要這樣好不好？」楊博翰嘻皮笑臉的。

「怎樣?」羽華的聲音聽起來就只有表面的冷硬，兩個字都說得氣虛。

「我們丟臉，妳們也沒面子啊，對不對?」楊博翰還是笑了一臉，「我們是沒差啦，反正在學校大家都覺得我們很爛了，可是妳們不一樣啊，妳是徐家的千金大小姐耶，要是被人家知道，原來妳跟我們兩個就住在同一個村子裡，以前國小還是同班同學，那不是很沒面子?」

「那你就不要犯錯啊!當壞學生有什麼好?」羽華提高了音量。

「男人不壞的話，女人就不愛了啊。」

「你算什麼男人?」

我只覺得非常荒謬，聽著他們兩個鬥嘴，走也不是，幫腔也不是，只好轉頭傻傻地看著劉建一，就這樣看了半晌。羽華和楊博翰已經嚷得面紅耳赤，我猜再過不了多久，村子裡就會有大人循聲過來看。就在這時候，一直專注地欣賞這場鬧劇的劉建一，忽然把目光移到我身上。那瞬間，我感覺自己臉上一熱，正想低頭移開視線時，卻突然發現劉建一身上的顏色不太對，他已經換下了學校制服，改穿一件上面印著「三元宮」三個字的黃色上衣。

他眞的去當了神明的孩子嗎?這是我心裡閃過的第一個問題。那，當神明的孩子需要做些什麼跟別人不一樣的事嗎?這是我的第二個問題。不過這些疑問都沒有答案，我的思緒瞬間暫停下來，因爲我看見劉建一一反我過去所以爲的溫文儒雅形象，居然一臉輕蔑地，對我比出了中指。

✧

告訴我，那不是你，好嗎？

03

　　難得一個下午回家時媽媽不在，我看到桌上留著便條紙，媽媽說帶了妹妹去外婆家。外婆住得不遠，就在附近的村子。其實外婆家也沒剩下什麼人了，幾個舅舅跟阿姨各自嫁娶後都搬到了外地，只有年紀最小的我媽住得算近，因此自從外公過世後，媽媽就常回去娘家照看，幫老邁年高的外婆做些簡單的打掃工作。我曾不只一次聽到媽媽跟爸商量，希望把外婆接過來一起生活，然而爸爸卻很反對。想想也是，這個男人一天到晚在外面鬼混，家裡要是有個長輩盯著他，大概不出三天他就瘋掉了。

　　坐在二樓書桌前，狹小的窗外看得見周遭遠山。一片青黛，能見度很好，光線也不錯。然而我卻沒有讀書的心情，想著的，始終都是劉建一對我比出中指的樣子。爲什麼？難道他也在怪罪我跟羽華？我不知道應該怎麼解釋才好，畢竟那時候還有學姊在，根本無法視而不見地放他們一馬，而且羽華大聲叫出他們的名字時，也只是出於直覺反應，他們爬牆蹺課的事跡敗露，其實不能歸罪於她。不過話說回來，就算我這麼想，又能怎麼對他們解釋？或者說，我有什麼必要去解釋？劉建一跟楊博翰是我什麼人？我需要對他們解釋？

微微的風正在山谷間吹著。我常覺得這兒就像宮崎駿動畫裡的山城，過著純然樸素而簡單的生活，住在這裡的人都十分快樂自在——但現在卻忽然有點不是這樣了。望著懸掛在窗上隨風輕輕飄動的小風鈴，我感到一陣悶，可是連自己在悶什麼都不清楚。

「妳在思春嗎？」突然出現的聲音嚇了我一跳。才小學六年級的采薇從我沒關的門邊探頭出來，人小鬼大地問我是不是在思春。

「最好是妳知道什麼叫『思春』！再亂講話我就跟爸說，叫他揍妳！」啐了一口，我問她外婆最近好不好。

「外婆很好，可是媽媽不好。」她說：「爸跟媽現在還在吵架。」

「吵架？」我愣了一下。

采薇告訴我，今天傍晚媽媽騎機車載著采薇，才到外婆家不久，我爸居然就跑過去鬧事，爲了錢的問題，夫妻倆在外婆面前吵起來。我爸還摑了我媽一巴掌，兩個人到現在還吵個沒完，采薇是自己搭公車回來的。

「所以等一下妳要煮飯給我吃了。」她似乎不覺得爸媽這樣打起來有什麼關係，關心的只有晚餐著落。

「妳覺得爸媽如果離婚的話，會不會比較好？」那天晚上睡前，我們兩個躺在老舊搖晃得一翻身就吱吱作響的木床上時，采薇問我。

「離婚？」我開始覺得這個妹妹一定哪裡出了毛病，她老是問些奇怪的問題。

「對啊，他們每天都在吵架，三不五時還會打起來，看得我好煩喔。」

「有每天嗎？」房裡燈沒開，就著窗外透進來微弱的光，我目光凝不住焦點，只能看著天花板。

「差不多了啊，不過媽都會在妳回來之前把架吵完，不然就是不理爸。」

我沒接話，卻長長而幽幽地嘆了一口氣。一家四口，媽媽跟我比較親密，我想她大概是顧慮到我的感受，所以盡量不讓我看見他們爭執。但我看不見，不代表問題不存在吧？

「妳還沒回答我，妳覺得他們離婚會不會比較好？」采薇用手肘碰我一下，童言童語地繼續這個問題。

「如果他們離婚，妳選擇跟誰在一起？」我沒回答，只是反問她。

「當然是爸爸，因爲他會給我零用錢。」她回得很快，跟我想的答案一樣。

其實沒什麼好吵的，我這樣覺得。在這個貧窮的村子裡，每個家庭都有一樣的問題，只是情節輕重罷了。

傍晚掃除時間結束前，我翻著從圖書館借出來一本破破爛爛的唐詩三百首，翻到元稹寫的〈遣悲懷〉三首詩，正細細品味那句「貧賤夫妻百事哀」時，羽華忽然走過來，從她手上那包魷魚絲的袋子裡抓了一把遞過來，問我幹麼這麼認眞。

「這麼嚴重？」聽我說完昨天的事，她皺眉。

「妳不覺得人家元稹就很深情嗎？窮也沒窮到打老婆。」我把詩唸了一次，唸得字正腔圓、抑揚頓挫，以免不愛讀詩的羽華聽不下去。

「妳知道元稹後來娶了幾個老婆嗎？」結果她竟然這樣反問我。「文字是會騙人的，阿呆。」

「妳怎麼知道？」我很納悶。

「讀書我不會，背書我也不會，不過探聽八卦倒是很在行，不管活人或死人，現代人或古代人都一樣。」她露出非常驕傲的表情，抓起一整把魷魚絲就往嘴裡送。

我啼笑皆非，心裡也明白羽華根本無法體會我的感受，從小到大，她都活在幸福快樂的環境裡，那個環境爲她提供了最好的庇護。我猜，徐爸爸應該從來沒有嚴詞苛責過徐媽媽一句話，徐媽媽也應該從來不需要向老公抱怨家裡斷炊缺糧。然後我低頭吃了一根魷魚絲，看看自己身上這件制服，這是二阿姨她女兒穿過的，畢業後一袋舊衣服拿來我家，我媽把上面原本的學號拆掉，改繡我的。

就快放學了，羽華問我等一下要不要去街上晃晃，她想買衣服。

「月考要到了，妳不打算讀書嗎？」

「下學期開始，放學後搞不好還得留下來上輔導課耶，不趁現在出去玩怎麼行？」羽華說：「而且又不是每天都玩，就今天而已。」

「那萬一逛太晚，趕不及搭車怎麼辦？」其實我也很想一口答應，不過我顧慮得比較多。

「眞的不行就叫我爸來接啊，沒關係啦。」她說得理所當然。

找不到其他反對的理由，而且我也好久沒在水里街上逛一逛了，雖然這兒並沒有什麼好逛的。見我點頭答應，羽華開心地把整包魷魚絲都給了我。

「吃太多會飽，回家吃不下飯我會被罵。」正想把零食推回去給她，結果教室外面有人叫了我名字，回頭發現居然是楊博翰時，我們都愣住了。

他對我招招手，我在眾人不解的目光下走過去，然後他交了一封信我。我正在狐疑他爲什麼會交這封信到我手上時，楊博翰說了一句讓我安心的話：「妳幫我拿給徐羽華好不好？」

我差點哈哈大笑出來，沒想到一向囂張的楊博翰也有這種扭扭捏捏的時候，連封情書都要別人代傳。看我強忍笑意，他居然還說：「拜託一下，幫我拿過去，妳以後來我家買東西，我給妳八折。」

「八折就免了，你不要再爬圍牆被我們抓到就好。」我不忘要調侃他一句。臨走前，楊博翰又對我說：「還有，妳叫她現在看信，跟她說我們有機車，等一下放學後會在車站那邊等，不見不散。」

「不見不散？」除了訝異他們怎麼會有機車之外，我很想問問他，這種老掉牙的台詞是哪裡來的。楊博翰不願多做說明，只叫我照他說的傳話就好。他轉身時，我才發現原來劉建一就站在不遠處，一臉無聊地在發呆，八成是被扯來壯膽的。

怎麼回事呢？我拿著信走回來，大家注目的焦點，跟著那封信從我身上轉移到羽華那邊，我決定先等她看完後，再好好盤問一下。

「哈！大功告成！」羽華快速瀏覽完那封字跡潦草的「情書」，然後居然十分突兀地給我一個好緊好緊的擁抱，還在我臉上親了一下。

「少噁心了！」我趕緊擦掉她留在我臉頰上的護唇膏。

「昨天晚上我去買魷魚絲，正巧是楊博翰在顧店，他一邊顧店，一邊看電視，還被我撞見他在偷吃餅乾。」羽華說。

「所以呢？」

「這敗家子又在監守自盜，我威脅他說要去告密。他怕我眞的這樣做，所以答應了我的要求。」

什麼。

我聽得膽顫心驚，沒想到羽華居然這麼厲害。同時我也很好奇，她能對楊博翰要求什麼。

「其實也沒什麼，我只是跟他說，姑奶奶今天下午放學後想去逛逛街，缺兩個司機。」她得意地說。

「兩個？妳坐轎子去嗎？要一前一後抬轎？」

「當然也要幫妳找一個車伕呀，對吧？」她臉上寫滿了得意，卻讓我有種臉綠掉的感覺，活像昨晚陪采薇看電視時，櫻桃小丸子她爺爺的表情。

✧

我們的愛情故事從這天起，彼此交纏錯亂。

04

「你很無聊嗎？楊博翰呢？」簡直是百無聊賴。這個鎮上像樣的服飾店不會超過三家，賣的也大多是三十五歲以上的婦人衣飾，難得會有羽華想走進去的店。好不容易找到一家，她很開心地跑去試衣服，而我則不知道做什麼好。走到門外，只有劉建一站在對面路邊抽菸，那路旁是一條大水溝，他就對著水溝發呆。

「去買冰棒了。」他說。

我們兩人都沒再多說什麼，氣氛有些尷尬。坐在他機車後座時，我們半句話也沒講。我不知道他在想些什麼，腦海裡倒是一直停留在那天他比中指的畫面。

「妳怎麼沒有買衣服？」換他問我，但問的卻是個讓我難以啓齒的問題。

「我不缺。」所以只好這樣回答。

傍晚下課時，我跟羽華還戴著臂章、拿著記分板，跟老師一起令人望而生畏地站在校門口督導放學秩序，那時楊博翰跟劉建一走出去，踏出校門時，還不忘鬼鬼祟祟、充滿深意地朝我們笑了笑，看了就讓人想扁他。

等學生都走得差不多了，糾察隊才收工下課。我跟羽華到車站，電車剛剛開走，而那兩個男生已經換了便服，一人牽著一部機車。比較特別的是劉建一那部，他騎的是野狼機車，上面貼著一張印有「三元宮」字樣的黃色貼紙，顯然是公器私用。

「我可以問一下嗎？」我很努力地想找個話題開口，過了良久，才勉強問了個很無聊的問題，「你爲什麼不寫書法了？」

他像是懷疑自己有沒有聽錯似的，轉過頭來看看我，然後開始認眞想答案。

「如果你不方便講也沒關係。」我連忙補一句。

「沒有不方便，只是很難說清楚是爲什麼，理由太多了。」

「有很多理由嗎？」

「跟青蛙下一次的蛋一樣多喔。」看我皺眉，他很詭異地笑。這是什麼怪回答？

「也不是完全不寫了，過年時我還幫鄰居寫過春聯。」他說：「問題是，寫那麼多好像沒用，妳不覺得嗎？」

「覺得什麼？」我不知道該要覺得什麼。

「就是說……」他帶著肢體語言，比手畫腳地說：「我從小開始寫，一直寫到國小畢業，可是那又怎麼樣？我又不會變成王羲之，也不會變成褚遂良，所有的好字都被他們寫完了，我只是一直在模仿別人而已。」

「可是以前你得過很多獎。」

「那表示我以前眞的模仿得很像。」他搖頭，「但是再像也沒用，實際上一點意義也沒有。」

「眞的沒有嗎？」我很想跟他說，怎麼會一點意義都沒有？他以前寫書法時經常得獎，大家因爲這樣而認得他，也肯定他，總好過現在每個人都因爲他經常被罰站而知道他是誰來得好。

「反正我感覺不到。」他說。

過了好一會兒，羽華還沒選好衣服，楊博翰也還沒回來。安靜了一下子，我又開口：「但至少你能寫得一手好字，總好過我什麼都不會，只能當羽華的跟屁蟲。」

「沒關係，因爲有時候我也是楊博翰的跟屁蟲。」他忽然笑出來，「我爸如果還活著，一定會很想打死我。他給我取這個名字，就是希望我做什麼都能成爲第一名，結果我是人家的頭號跟屁蟲。」

我愣了一下。我從來都不知道劉建一的父親已經過世，那天在訓導處，葉老師說劉建一的父母都不在了，我還一頭霧水，現在才曉得原來他父親已經過世了，那媽媽呢？不知道他媽媽在哪裡。我想這種問題最好別亂問，於是只好跟著陪笑，「所以我比你幸運一點點，因爲我的名字叫做釆芹，像雜草一樣，注定了不能成爲主菜，只能當羽華的配角。另外的好處是因爲沒有背負誰的期待，就沒有讓人失望的可能。」

「妳們有在分誰是主角的嗎?」

「嗯,」點頭,我說:「羽華的家境好,所以在物質上她照顧我很多,而且她眞的是個很有大姊風範的女生,會保護身邊的人。」

「那妳什麼時候才要自己當主角?」

我又是一愣,因爲我從沒想過這問題,什麼時候我才要當主角?

「如果妳知道自己爲什麼要當人家配角的話,那就也應該順便想想看啊,看什麼時候要自己當主角嘛,難道妳要一輩子活在別人的保護傘下?」他又說。

「難道你很知道自己爲什麼要當跟屁蟲嗎?」我不甘示弱,帶點反脣相稽的意味。

「某些時候啦,我們其實是互助合作的。」他攀在水溝邊的欄杆上,很噁心地擠出了一口口水,那坨口水隨著重力加速度滴進河裡。劉建一似乎很滿意自己這個愚蠢的舉動,看了半天後才說:「當我很想吃巧克力的時候,我就幫他跑跑腿,或者陪他到你們班上去偷看徐羽華。但是當他被鬼壓,嚇得快要尿床的時候,他就會需要我替他料理。」

這是那門子的互助合作?我差點沒笑出來。不過也在想,他說得沒錯,就算非常荒謬怪誕,但他跟楊博翰確實有依存關係在,一個是家裡零食吃不完,一個是神明的孩子。那我呢?我好像沒有什麼可以讓羽華依靠的,從認識以來,就一直是羽華在照顧、支持我。

「我記得妳還有個妹妹，對吧？」

「你怎麼知道？」我很訝異。

「住車埕的有多少人？不用打聽也知道。」他笑一下，「妳一直在讓別人罩著，那妳妹妹怎麼辦？難道妳不罩她嗎？或者等她再大一點，也把她帶進來，跟妳一起當人家的嘍囉？」

我無話可說，不知道接什麼才好，沒想到劉建一對我的認識還不少，更沒想到第一次這樣單獨聊天，他居然就如此直言不諱，讓我完全無法招架。

「別永遠當一株小芹菜花，想想看怎麼當自己的主角吧！」他說：「當一株芹菜其實也沒什麼不好的啦，妳看過芹菜花嗎？我阿嬤有種芹菜，這種花開起來細細小小的，但是很精緻漂亮，別以爲它貌不驚人，就只能當一棵雜草，芹菜花開時，在園裡一叢叢搖曳的樣子也是很好看的。」

我愕然無言，眼裡只看到劉建一的眼神，很清澈透明，很純眞誠懇，他原來沒有任何譏諷的意思，有的只是勸我獨立自主的好意而已。我不知道還能說什麼，只好呆在當下。

「幹麼離間我們姊妹的感情呀？」冷不防地，羽華已經走了過來，擠進我跟劉建一中間。她不寬厚的後肩對著我，面向劉建一，用很凶的口氣說：「我徐羽華的朋友裡面，沒有半個是沒骨氣的軟腳蝦，你不要把人看扁了。」說著，她側轉過身來，一手搭住我的肩膀，「我們的小芹菜只是還沒開花而已，等她盛開那天，搞不好亮得讓你睜不開眼。」

✧

會有那一天嗎？我想看見。

一片芹菜花盛開的樣子。

05

後來我一直反覆回想劉建一的那些話，才忽然發現，他比我想像的複雜很多。當然不是性格方面複雜，而是他不像我以爲的那麼單純。我沒想到他居然會思考很多人生方向的問題，那跟我班上其他同年紀的男生同學有極大差別。

不過雖然如此，我們畢竟只相處了短短兩個多小時，大部分時間裡，羽華跟楊博翰鬥嘴的畫面總是佔據了大家的眼光，而我也始終提不起勇氣來問劉建一，究竟他家現在是什麼狀況，又到底他爲什麼會去當神明的小孩，還有抓鬼的本事，可以治得了楊博翰的鬼壓床？

可惜那天我沒機會問他，而之後我們碰頭的次數雖然不少，可是也沒能像那次一樣，能再好好地說話。楊博翰來我們教室來得相當頻繁，連瞎子都看得出他的意圖。他總是鬼鬼祟祟地出現，在後門探頭探腦，或乾脆要劉建一出馬叫人、傳信。劉建一大概因爲事不關己，所以顯得很大方。但也幾乎可以說是沒腦袋，他總是隨便抓住我們班上一個人，然後託人家去找羽華。羽華當然不肯單獨跟楊博翰站在一起，所以我總得跟著去。見面時，也只好對著劉建一大眼瞪小眼。我想問他些什麼，但短短的下課時間是不夠的，就算可以講幾句話，打打招呼，然而在那小小的走廊上，身邊來去那麼多人，其實我也覺得不方便。

「所以你們在談戀愛嗎？」回家的電車上，我問羽華。

「妳說的是楊博翰嗎？」她瞪眼，尖聲說：「怎麼可能？」

「可是妳以前說過他很帥。」

「那是指他不動不講話的時候。」羽華哭笑不得，「但基本上是不可能的。」

我不太懂，如果她沒有意願交往，那又何必每次楊博翰來時，她都起身離座？這樣做豈不是非常奇怪？

「這叫做禮貌。」羽華告訴我。「而且妳有沒有想過，要是我不肯出去會怎樣？萬一他在教室外面鬼吼鬼叫，或者出去亂說話，那我以後還要不要做人？」

「可是我覺得他很喜歡妳。」

「可是我不喜歡他啊！」她都快哭出來了。

那算禮貌嗎？望著車窗外一成不變的風景，我茫然不解。最近常有這種感覺，怎麼這世上我不懂的事這麼多？回到車埕，我跟羽華說我想等一下再回家。不知怎地，今天並不急著走，也不那麼想回家。

「反正我爸媽應該都不在，急著回去也沒事。」我說我想在車站這邊坐一下。

「那妳妹怎麼辦？而且妳在這裡要幹麼？蚊子很多耶。」

「我妹餓不死的啦，她知道屋裡哪裡找得到東西吃。我只是想發發呆。」

羽華用不解的眼神看著我，問我是不是有心事。

「其實沒有。」我微笑，「只是偶爾想換個地方發呆嘛。」

羽華端詳了我一會兒，確定我的眼神沒有異樣，這才點點頭，提醒我早點回去。

目送她離開後，我坐在車站外面的木椅上，每到假日，這兒就有很多遊客，那種時候我們絕對不會出門，因爲沒有人想被當成風景的一部分來觀賞。那種假日，大概只有楊博翰他媽媽最開心了，每個走累了的遊客都會需要他家擺滿各種飲料的冰箱。相反的，平常的日子裡，村子就安靜過了頭。像今天，電車到了終點的車埕站，下車的人不到十個，其中還包括我跟羽華。

很多年輕人都離開村子了，無論求學或就業，沒人想留在這個沒發展性的地方。那我呢？以後我要去哪裡？台中嗎？那裡我沒去過幾次，聽說台中市的市花是木棉花，這時節應該正盛開，但木棉花的模樣如何，我卻怎麼也想不起來。

「妳不會是在等我吧？」大老遠就聽見機車的引擎聲。楊博翰騎著他家的車，連制服都沒換，囂張地飛馳而來，劈頭就是一句不要臉的話。

「作夢。」我啐他，「做人不要這麼囂張，下星期換我跟羽華值週，要是再看到你騎車，一定跟主任說。」

「囂張又不犯法。」他得意洋洋地說。

「但是無照駕駛就犯法。」

「錯！不是犯法，只是不合法。」他還在狡辯，而且絲毫不給我再說話的機會，居然連催幾下油門，揚長而去。

我差點氣炸，沒想到這個人居然如此無賴，難怪羽華說什麼也不肯跟他交往。我整個思緒都被他給打亂了，只好無聊地東看西看。眼見天色漸晚，我開始擔心起采薇沒晚餐可吃。最近爸媽吵得凶，為了老爸把工地的工作辭掉一事，我媽搞不好還得去找兼差才能養家。

「妳在等我啊？」物以類聚是吧？十分鐘前，有個白痴騎車過來問我是不是在等他，十分鐘後又來一個。

「看起來像嗎？」我發現我對他的語氣比較好一點。

「其實不像。」

「那就對了。」我指著他身上「三元宮」的黃色上衣，問：「你為什麼常穿那件衣服？」

「為了賺錢呀。」他說著，坐到我旁邊來。「今天去練陣頭啦。」

「練陣頭？」又多了一個我聽不懂的專有名詞。

「因爲最近廟裡要到埔里去進香，需要兩個陣頭，人手不太夠，所以我也要參加。妳不知道我在跳官將首嗎？」

「官將首？」我很懷疑我們是不是住在同一個星球上。

「八家將妳總聽過了吧？」見我點頭，他才接著說：「跟那個類似，只是人數少一點。」

「爲什麼要跳官將首？」

「妳是問爲什麼廟會需要，還是問我爲什麼要去跳？」他點起一根菸，菸味讓我不自覺地往旁邊讓了讓。「如果是問廟會爲什麼要跳官將首，那我會跟妳說我不知道，因爲習俗不是我定的，反正人家出錢請我們去跳，那我就去了。」

「我當然不是問這個。」我瞪他一眼。

「我記得我阿嬤帶我去三元宮那天，妳跟妳媽也在那裡拜拜，妳記得嗎？」見我又點頭，他說起一年多前的那一天，「我從小身體就不好，抵抗力差，常感冒生病。我阿嬤說這樣的小孩很難養，最好是不要自己養。」

「不然要給誰養？」

「神明啊。」他往背後遠處山坡上的三元宮一指，「給三官大帝養的話，比較不會養死。」

我笑了出來，這個放在我心裡一年多的謎終於解開，原來所謂的「去當神明的小孩」是這麼一回事。劉建一繼續說：「既然是神明的小孩，理所當然宮裡的事就要幫著做，三官大帝要去埔里找朋友玩，我們就得跟著一起去。」

我點點頭，經過他這麼一解釋，我約略明白了。

「而且跳官將首還有錢賺，雖然練習很辛苦，規矩又很多，不過在那裡可以認識不少朋友。」

「你是因爲這樣才不寫書法的嗎？」不曉得爲什麼，我腦海裡轉的都是書法的問題。

「妳那麼喜歡看我寫的字嗎？」他忍不住笑了出來。

「看習慣了。」我也笑了，手往前面的車埕國小一指，「掛在教務處外面那幅字，我看了六年耶。」

「那好。」說完，他打開書包，把已經皺了的制服上衣拿出來，再從裡面抽出一本筆記本，撕下一張，又拿出筆袋，隨便挑枝黑色墨水的筆。「沒有毛筆，這個可以將就吧？」他在紙上，由上至下寫了很秀麗但卻滿蘊力道的四個字：「晴耕雨讀」。

「給妳。」寫完，他把那張紙交給我，「今天我去練陣頭，我們師傅拿了一瓶日本清酒來請大家喝，上面標籤寫了這四個字，老實說，我覺得就算很久沒寫了，我還是寫得比標籤上的好。」

我笑著接過，仔細端詳那四個字。

「妳仔細品味感覺一下，這四個字很有意境，如果可以，希望以後我也能過這樣的日子。」說著，他的聲音低了下去，語氣中透出滿滿的嚮往，但又不小心洩露出一絲極不容易察覺的失望。

✧

如果你要去過那樣的日子，記得告訴我一聲。

我……也想跟你一起去。

真不知道是福是禍，我回家後被罵到臭頭。因爲在外面待太晚，采薇又找不到東西吃，她一通電話不是打到外婆家找媽媽，居然撥到老爸的行動電話。爸爸回來後，我被結結實實地唸了一頓。說也好笑，他回來根本也沒帶吃的，采薇的晚餐，居然是羽華覺得不放心，過來我家看看時，順手帶來的兩碗碗粿。

當晚采薇入睡後，我在夜裡把那張紙片摺好，裁去了隨手撕下而產生的碎邊，用一些小材料重新裝飾，做成吊卡，理所當然地取代了窗前那個小風鈴。

那天遇到劉建一的事，我沒告訴任何人，甚至也沒讓羽華知道。其實我和劉健一什麼都沒做，也什麼都沒說，他不過就是親手寫了四個字給我，而且寫的內容還跟我沒什麼關係。但我就是不希望別人知道，只想把那短短不到半小時的偶遇，當成自己偷偷收藏的祕密。只是羽華後來似乎察覺出什麼，當楊博翰帶著他一起來我們班時，我跟劉建一比較不像以前那樣疏遠，偶爾也可以聊上幾句，甚至有說有笑的。

「聊久了總會多少變熟一點吧？」我說：「妳看楊博翰還不是愈來愈明目張膽？」

「可是我是愈來愈苦惱。」第一次，大小姐對我說她原來也是有苦惱的。

難得一個週末下午，爸媽又都不在家，我把采薇也帶出來，跟羽華一起搭火車到台中玩。她還是不改豪氣的大姊本性，又是冰淇淋又是飲料地直往采薇手裡塞，我想擋都擋不了。

「妳知道那小子問我什麼嗎？他問我願不願意當他女朋友。」羽華用很受不了的口氣說：「我們才出去過幾次耶！」

「幾次？」

「兩次啊。一次是我們四個去逛街，另外一次是我家有客人來，我媽叫我去水里買冰棒，我懶得自己去，所以打電話叫他騎機車載我。就這樣，過沒幾天他就問我願不願意。」她攤手，「如果這樣我就要變成他女朋友，那再出去個幾次，是不是我就要乾脆嫁給他了？」

我笑了出來，這種告白確實有點妙。

「不過他對妳算很不錯了，隨傳隨到的司機耶。」我說：「雖然是有點癩蛤蟆想吃天鵝肉啦，但是至少他長得不錯，而且也很體貼。」

「妳覺得他不錯？」

「不錯啊。」我存著幸災樂禍的心態，笑著說。

「那好，我免費奉送給妳，拜託妳替我處理掉他。」

「免了免了，哈！」我大笑著趕緊搖手。

台中這個城市，對我而言，一切都是新鮮的，對采薇當然更是。羽華有不少親戚在這裡，逛街又是她的拿手強項，所以她很清楚哪間服飾店比較符合她的風格，也很懂得挑選自己想要的東西。我因爲口袋裡沒多少閒錢，就只是跟著走馬看花，陪著一路聊、一路逛。可是采薇就麻煩了，她看到可愛的小飾品就忍不住心動，還直嚷著要買。

「就買給她有什麼關係？一個頭飾也不過幾十塊。」在販賣女生飾品的小店裡，羽華問我。

「買了那個頭飾之後，就少一頓飯了耶。」

「有人叫妳花錢吃飯嗎？」結果她反瞪我一眼，拿了那個頭飾跟一堆自己要的襪子，轉身就去結帳。我不知道該怎麼說才好，眼看她把帳付了，然後把東西交到采薇手上。

「會把她寵壞的。」我說。

「那只是個頭飾，小姐。」她笑笑，拉著我們就往隔壁賣咖哩飯的餐廳跑，也不管我們姊妹倆身上到底有多少錢，居然就大剌剌地開始介紹菜單，接著問好我們要的口味後，很乾脆地點了餐。

「妳是打算今天請客請到底就對了。」我搖頭嘆氣。

「我不花，我爸還會覺得很奇怪。」喝了口水，在氣氛靜謐典雅，鋼琴樂聲流淌滿室的餐廳裡，羽華說：「妳不知道吧，我媽是我爸的第二個老婆。」

「是嗎？」我是有點驚訝，因爲從沒聽她提起過。

「他跟第一任老婆的婚姻很短，聽說我大媽很漂亮，還給我爸生了個跟我不太熟，一年見不到三次面的姊姊。可惜我這個大媽紅顏薄命，結婚沒兩年就癌症過世了，我爸隔了很久才再娶了我媽，然後生我。我媽生我的時候很辛苦，差點難產。出生後，我媽帶我去算命，算命先生說這小孩難養，可能很難帶。」

不知怎地，我直覺聯想到劉建一，他是因爲身體差，所以也很難養，結果才變成神明的小孩。

「所以能給我的，我爸都不會吝嗇，大概是因爲他覺得我隨時有可能死掉。」說著，她忍不住笑出來，「也許妳會覺得我很奢侈，可是在我家就是這樣，有時候我都不免覺得，好像除了錢多之外，我根本一無是處。」

「至少妳有人人稱羨的生活啊。」我說。

「那又怎樣？很多東西是可以用錢買得到沒錯，但是有更多，是再多錢也換不來的，那些東西沒有條碼，拿到商店櫃檯也刷不出個價錢來，就跟愛情一樣。」羽華搖頭，「就算要談戀愛，我也會找個像劉建一那樣的人，至少我可以感覺到被需要，也可以感覺到自己眞的有存在的價值，而不只是一個幫家裡花錢的機器。」

我不曉得該怎麼安慰她才好，當餐點送上來時，羽華用湯匙攪拌了一下咖哩，又說：「現在妳知道我爲什麼要拒絕楊博翰了吧？因爲我覺得他跟我差不多，雖然他家可能不比我家有錢，但一樣要什麼有什麼，只有愛情他是買不到的，跟我一樣可悲。」

我點頭，沒有說話，暗自把我所認識的楊博翰拿出來度量一番，確實如此。

「可是我比較想過徐姊姊的生活。」一直安靜吃飯的采薇忽然開口，嚇了我們一跳。

「爲什麼？」羽華臉上原本複雜的表情突然緩和下來，變得單純而且和藹，親切地問采薇。那樣子活像是個老婆婆在對小女生說話的口氣，但天曉得其實她們只差一歲。

「至少不用連買個頭飾都得擔心下一頓飯會沒得吃。」說著，她橫我一眼，顯然還在記恨。不過身爲姊姊，我也不遑多讓地瞪了回去。

「那妳要怎麼做，以後才能過跟我一樣的日子呢？」

簡直是循循善誘了，我可以猜想得到，接下來，羽華一定會說些要用功讀書，長大後努力賺錢的話。不料采薇回答得非常快，而答案是如此不假思索且直接，讓我手裡的湯匙差點沒掉下來。她說：「等我爸媽離婚，然後我爸娶個有錢的新媽媽，應該會比較快一點。」

「死小孩妳說什麼？」聲音雖低，但我聽見自己嚴厲至極的口氣。

「采芹……」

羽華趕緊制止我，不過她也來不及說話，因為采薇嘟起了嘴，立刻接口，「昨天晚上爸跟我說的，說他以後要娶一個有錢的老婆，讓我們一起過好日子。」

我懷疑自己有沒有聽錯，但一臉認眞的采薇，用她的表情告訴我，這絕對不是她胡扯出來的蠢話，那瞬間，我氣得想一巴掌朝她臉上打過去。但我沒有，只是瞬間有股壓抑不住的情緒，把眼淚從眼角逼了出來而已。

✧

一無所有的時候，我們不是才更應該珍惜無價的情感嗎？

07

回家的車上，其實我心情很悶，絲毫沒有說話的興致。但我知道不能這樣，至少有必要把事情弄清楚。列車行駛的一路上，看著窗外漸漸陷入暮色裡的景物，我這才發現，原來我跟采薇之間有很大的距離，彼此似乎從來沒有深談過。從前老認爲她不過就是個小孩，雖然只小我一歲，但自小在爸媽的疼愛中長大，也人如其名，像朵溫室裡盛開的薔薇花。而現在當她眼睛盯著窗外，拒絕跟我溝通時，我才發覺，其實她很有自己的想法，而且絕對跟我的想法不一樣。

「算了吧，這樣問她也沒用的。」我們三個人分別坐在前後排的位置，采薇獨自坐在前面，我跟羽華在後。羽華小聲地勸我，「與其在這裡問她，不如回去問妳媽，說不定會快一點。」

嘆口氣，我很無奈。采薇比較任性，因爲畢竟是妹妹，大家一向都寵著她，可是這種緊要關頭，她卻還耍起脾氣來不說話，讓我完全束手無策。

家裡難道眞的出了什麼我不知道的事嗎？每天早上出門上學，傍晚下課就回去，我一直以爲家裡一如往常，即使爸媽總是有吵不完的架，但大家不也都習以爲常了嗎？自從辭去建築工地的職務後，我爸就到處打零工，幫幾個做泥水匠的朋友做事，要說收入其實也還是有，只是他喜歡到處跑，又老愛在朋友面前裝闊綽，常常入不敷出，這不是大家早就知道的嗎？而媽媽雖然沒有工作，但她也沒眞的把外婆接來住，沒有增加家裡的負擔開銷，頂多是比以前更常回娘家而已。我搞不懂這樣的關係爲什麼會很難維持，更不懂爲什麼爸爸會跟采薇說到離婚的事。

我滿腹疑竇地下了電車，天色還沒全黑，也還有遊客逗留在車站附近。我們三個人都沒出聲，一步步往小坡上走。采薇走得很快，不知道她現在是因爲我凶了她，還是因爲談到家裡的事而不開心。眼看著她愈走愈快，我們也只好愈跟愈快，一直到了巷口，羽華拍拍我肩膀，要我別太擔心，這才分手道別。

即使我急著想把話說清楚，看來也恐怕沒辦法了。無奈地走到巷尾，我忽然察覺有點異狀。這時間通常媽媽已經在家了，但今天門口的小燈卻沒點亮，裡頭也沒透出日光燈來。采薇腳步比我快，她走到家門口時，既沒有一如往常地用腳踢開紗門進去，也沒有大聲嚷嚷著說她回來了，反而站在門邊，像是被嚇到一樣，滿臉錯愕。

有種不祥的預感，我於是趕緊快步趕上去。走到門邊一看，跟著也傻了眼。裡頭不似往常般空盪，兩張長藤椅上居然坐滿了人，另外一旁舊桌子邊的椅子上也坐著人。屋裡大燈沒開，但我看見大家臉上都有沉重嚴肅的神色。除了幾個陌生人，十之八九都是親戚，而且幾乎都是外婆那邊的家屬，有些住很遠的人居然也回來了。

「怎麼了？」氣氛沉重得讓我透不過氣來，更不敢隨便開口說話，只好快步走到媽媽旁邊，低聲問她。但媽媽沒有回答，我聽見她因爲刻意壓抑而發出低低的哽咽。

「采芹，妳們過來。」廚房邊，大舅媽小聲地向我們招手。我抬頭看了媽媽一眼，她對上我的視線，輕拍一下我肩膀，示意要我照做。我想跟采薇招招手，她卻退了一步，坐到竹藤椅那兒去，我看見爸爸身旁也有他那邊的親戚在。

大舅媽盛了碗飯給我。桌上的飯菜根本沒人動過，連筷子都沒拿，現在我只想知道究竟發生了什麼事，客廳裡這些人爲什麼都坐在一起。

「到底怎麼回事？」外頭人雖然多，卻靜得連根針掉地上都聽得到聲音，我極力壓低音量，問著大舅媽。

「怎麼說呢，」她面帶爲難，朝外面看了一眼，「有些事就算講了，可能現在的妳也很難明白……」

「沒關係，我想知道。」猜得到，想必又是我爸在外面闖了什麼禍之類的，這個我已經有了心理準備，只是沒想到大舅媽說出來的話，比我想像的還要誇張怪誕很多。

「妳爸在外面有女人，妳知道嗎？是在他們建築公司認識的，但人家已經有老公了。他還跑去貸款，想買房子跟那個女人一起住，結果因爲貸款利息繳不出來，銀行追債，事情才曝了光。」大舅媽皺著眉頭，很小聲地說：「其實這事情在他們工地早就傳開了，所以他才會丟了工作，回來還說得很好聽，騙妳媽說是因爲工錢太少。也難怪他一直不肯拿錢養家，因爲都花在外面了。」

我不知道該做何反應才好，只能感覺自己臉部肌肉愈來愈垮，雙肩慢慢垂下，連好好坐在椅子上的力氣都快沒了。

「外面有幾個，就是那個女人老公家的人，現在對方也在鬧離婚，我看妳爸媽大概也差不多了……」

當下有種天旋地轉的錯覺。以前只知道我爸是個做事沒耐性的人，現在該怎麼說服自己相信耳裡所聽到的？更難想像的是，原來這一切早有跡可循，甚至我爸都已經跟采薇提過「離婚」這兩個字了。

「所以妳媽才會打電話叫大家都過來，不管要怎麼處理，她都會需要兄弟姊妹的幫忙。」大舅媽嘆了口氣，把筷子遞給我，要我先吃飽再說，還說這是大人們的事，小孩子別管別問，最好連想都別想。

能不想嗎？連采薇都會考慮到以後了，我又怎麼可能置之不理？廚房的日光燈管多久沒換過了？今晚顯得特別黯淡，慘白的牆壁上有污黃的油漬，像在嘲笑這一家人的荒謬與悲哀似的，正隱隱透出難看的光澤，而我不斷聽到客廳裡陸續傳來人們小聲交談的聲音，有人咒罵著，有人嘆息著，也有人哭泣著。

我沒有舉起飯碗的力氣，也沒有拿起筷子的心情，視線定在那一碗八分滿的白米飯上，毫無食慾，倒是看見了自己的眼淚開始往米粒上滴。

✧

當最不可能失去的也失去了時，我還要信仰什麼？

08

雨很大，灰濛濛地，看不見什麼鮮豔的顏色，我獨自坐在車站外面的椅子上看雨。其實我有帶傘，而且回家的路也不算太遠，但就是不想移動身體。這天中午的天氣雖然差，但一點噪音也沒有，只有雨聲非常純粹地，嘩啦嘩啦地下著。

看看掛在車站候車室裡的鐘，十一點半，我腦子裡沒有特別想什麼，就這樣坐著，身上還穿著學校制服。會不會有人找我呢？大概早自習班長點名時，就會有人發現我不見了。然後呢？我猜第一個慌張的一定是羽華。今天我刻意比平常晚了十分鐘出門，還放慢腳步，故意錯過趕得上早自習的最後一班車。那時候，大老遠地，我就看見羽華站在沒有柵欄阻隔的月台邊不斷張望。她大概很擔心吧？平常總是打電話叫她起床、陪她一起走下坡去搭車的我，今天卻毫無預警地消失了。

雨下了一早上，我也在這裡待了一早上。肚子不覺得餓，也不口渴，我甚至對走過身邊的人一點感覺都沒有。他們是不是用好奇的眼光看著我？這些人當中，應該有些人認識我吧，不過他們沒有叫我，只是默默經過而已。我們家在這村子裡可是聲名大噪了，只可惜不是因爲什麼好事情。

「我以為我看錯人了。」不知道過了多久，看雨看得累了，當我終於慢慢有些疲倦感，在椅子上打起瞌睡時，竟然有人跟我講話。

「妳生病了嗎？」劉建一沒穿制服，也沒穿著三元宮那件黃色上衣，整個人非常休閒的樣子，腳上甚至只有拖鞋，一臉疑惑地站在我面前。「生病了就去看醫生，看完回家休息啊，妳在這裡幹什麼？」

「那你呢？你怎麼在這裡？」

「我要去水里找朋友。」他往車站裡面看了看。

「所以你跟學校請假了？」

「幹麼請？不要去就好了啊。」他聳肩，一副理所當然的樣子。

也許是還不到他要上車的時間，劉建一在我旁邊坐下，問我到底是不是身體不舒服，如果是的話，他可以打電話給宮裡的師傅，請他們開車來送我去看醫生。

「我沒事，只是跟你一樣，今天忽然很不想去學校而已。」

「為什麼？」他用三個字，問了一個我得花上好多時間來回答的問題。

兩個星期前的那天傍晚，是我這幾年來極少數的一次機會，看見那麼多家族裡的親戚齊聚一堂，不過那也是最後一次。因為他們來我家，是要討論我爸媽的離婚問題。協議簽字的速度很快，快得讓我難以想像，更難以接受。忽然那麼一天，我爸把自己的東西整理好，然後跟朋友借了一輛車，將行李裝上。我只記得他在離開前，對我說了這麼一句話：「爸爸先帶妹妹走，妳不要擔心，等日子安定了，我就回來接妳。」

怎樣算是日子安定了？是搬到一間漂亮的大房子去住？還是家裡多了兩個僕人？或者每天穿新衣服，再也不用撿親戚的小孩們穿過的舊制服？這就算是日子好嗎？或者還得像羽華家一樣，有花不完的零用錢？我不明白，爲什麼住在車埕村裡這個破舊的二樓矮房子就不能算是安定的日子？我們小時候經常在傍晚時搬張凳子到門口乘涼，甚至跟鄰居一起在門口併桌吃飯，吃飽後，家裡的男人們在一旁高談闊論、玩玩撲克牌；幾個媽媽們則討論起小孩的教養問題；我們這些小孩子，就會聚在一起玩扮家家酒，或者跳跳繩，難道那樣的日子不好？

「我一點都不覺得那種生活不好，反倒是現在，我們家可出名了，全世界都知道我爸媽離婚，都知道我爸在外面養女人，都知道他把我跟我媽扔在這裡。」不知不覺中，我說話速度愈來愈快，甚至感覺到自己有點激動。

「老實說……」結果劉建一沒有隨著我的情緒起伏，他反而一臉平靜，有點痴憨地抓抓頭，很不好意思地開口，「妳說大家都知道妳爸媽離婚，但其實並沒有，因爲我就是現在聽妳講了才曉得。」

「怎麼可能？楊博翰沒跟你說？」我很訝異，羽華難道沒說？

「他大概也不知道吧。」劉建一說。

我點點頭，班上同學中，也只有羽華清楚事情的來龍去脈，雖然總有一天大家都會知道，但沒必要急著去告訴每個人。我想羽華也是這樣想的，所以體貼地閉口不宣。

「可是妳爸既然帶了妳妹離開，爲什麼不順便連妳也接走？」

「說是因爲我妹小學快畢業了，正好讓她換環境讀書。我才國一，畢業後又要面對大考，最好不要轉學。」我嘆口氣，「不過誰知道以後會怎樣呢？我媽也不想留在這裡承受大家異樣的目光，搞不好會帶我搬家。」

「搬去哪裡？」

「不知道。」我搖頭。這幾天媽媽經常在家裡講電話，一講就是好半天。她是個很堅強的女人，儘管還在失婚的創傷期間，但大多數的時間，也總是強忍著眼淚，努力地掩飾住。我曾經好幾次聽到她在講電話時哽咽，每次想過去安慰她，或者遞張面紙時，她又故意強顏地笑幾聲。我知道她不好受，可是這樣讓我也很難過。

「總不可能這學期沒結束就馬上走吧？」劉建一的問題沒有把我散亂的思緒拉回來，反而讓我更認眞回想媽媽最近的幾通電話。她是外婆最小的女兒，上面還有三個姊姊，其中小阿姨住得最遠，她在日本東京，跟小姨丈在淺草經營一家中華料理，也經營台灣人的民宿。近來最常跟媽通電話的就是她，隱約中，我曾聽到媽媽跟她討論過這件事，還說了一句：「要走，就走得遠遠的。」

「淺草？那是什麼地方？」他又問。

「我怎麼知道？大概就是長了很多草的地方吧。」我隨口瞎說，看著他從口袋裡掏出一把小刀，居然就在椅子後面的木牆上開始亂刻字，寫了「劉建一天下無敵」七個奇蠢無比的小字，而我再仔細一看，他早在旁邊刻過不少類似的句子，有什麼「劉建一到此一遊」、「四年一班劉建一」、「五年一班劉建一」、「六年一班劉建一」、「一年五班劉建一」的，從小四之後等於每年都來刻一次，一直刻到現在。我也算是很常坐在這張木椅上，卻從沒發現後面牆上有他的刻字。

「如果我說，搞不好我在學期末之前就轉學，而且可能會出國，那你會怎麼樣？會不會哪天想到我時，也在這裡刻下我的名字？」我沒來由地心念一動，這麼問著。

他愣了一下，停下手裡的動作，轉頭問我，「爲什麼要離開？」

「因爲不想待在這裡了啊。」我說，眼睛看著劉建一。

「怎麼會問我？妳應該去問徐羽華吧？她好像才是需要回答妳這問題的人。」

「你不要管羽華，我現在是問你。」我盯著他的眼睛看。但腦海裡忽然浮現出他以前對我比出中指的樣子。

「不知道。」他搖頭，很簡單地只說了三個字，又繼續把字刻完。

我點點頭，沒再開口。或許這樣的回答已經夠了，因爲連我自己都還沒弄懂的事，又怎麼能夠去問他的感覺？劉建一望著雨，點了一根菸。這次我沒阻止他，要抽就讓他去抽吧，反正連我都蹺課了，還有什麼資格叫他不要抽菸？

於是我們陷入尷尬。好半晌，劉建一突然說：「以後我可能也不會去學校了。」

「不去學校？」

「嗯。」他點點頭，「之前還會去，是因爲楊博翰要去你們班，現在他敢自己去，那就不需要別人幫他壯膽了。」

「你去學校的目的，難道只是爲了幫人家追女生嗎？」我聽得啼笑皆非。

「我爸死了，我媽跑了，剩下我外婆而已，她又不會管我這個。我想工作，多賺點錢也好。」

「然後呢？」

「然後，」他想了想，「跟妳一樣，離開這個大家都像看怪物一樣看我的地方，把一切的一切都忘掉。」

✧

其實我們都不是怪物，所以其實我們都不需要離開。

只是當時我們不懂而已。

第二章

花兒才要盛開的時候，正是我啓程遠行的季節。
你說要把這一切都忘了，但請至少記得我。
在櫻花盛開的國度裡，在簷前滴落雪水的嚴冬裡，我都記得，我都記得。

總有回來的那天，無論天涯海角。
別忘了我曾是一年六班的采芹。

09

一切變故都來得好快，從小到大，我不曾經歷過如此劇烈的生活轉變，彷彿一眨眼，就從一個世界，跳換到另一個完全不同的世界裡。

坐在代代木競技館外的小公園裡，有完全不怕人的鴿子輕鬆自在地飛到腳邊，啄食我們丟下的麵包屑。佳雀姊說這裡每年都會舉辦很多大型比賽跟演唱會，像剛剛才落幕的春季高中排球聯賽就是。

「先住一段時間，適應環境，我媽會幫妳安排學校的事，別急。」她向我解釋，「妳在台灣國中沒讀完，又完全不懂日文，所以需要先進語文學校當作過度。」

我點點頭，其實完全在狀況外。看著很藍的艷陽天，吹著很舒服的涼風，我只覺得像在作夢一樣。每天睜開眼睛，聞到的總是味噌湯的香味，沒有彈簧床，只有睡起來很怪的榻榻米；走出門來，要很小心到處亂竄的腳踏車，要很小心這裡跟台灣相反的駕駛方向，我唯一學會的兩句日文，只有「謝謝」跟「對不起」而已。生活很悠閒，可是心裡卻很鬱悶，即使每天佳雀姊下課後會帶著我出門走走，但我想的，還是台灣的那些人、那些事。

蹺課的那天下午，劉建一最後也沒去找他師傅。我們上了火車，一路坐到水里，他居然帶我去國中後面的雜貨店裡，告訴我，翻牆被我跟羽華逮到的那次，他們就是要來這裡打電動。劉建一玩格鬥遊戲的技術非常高明，一關挑戰過了又是一關。

「這是楊博翰的死穴，他每次打到這裡就死了，都要我來接手。」劉建一雙手操作得飛快，「妳知不知道他跟徐羽華告白的事？」

我點頭，但一點頭就發現自己錯了，因爲他兩眼專注地盯著遊戲機的螢幕，完全沒看我，所以我出聲回答說知道，順便問他認爲的成功機率有多高。

「很高。」他笑了一下，「大概跟一隻烏龜能跳起來的高度一樣高。」

我大笑出聲，這是什麼比喻？同時才發現，這時候的劉建一有著很不一樣的神采，在他絕招盡出，打得對手口吐鮮血，倒飛好幾丈遠的時候，連話都多了起來。「我覺得徐羽華根本不喜歡他，他們走在一起的時候，楊博翰連手都牽不到，想買東西給人家，人家也不要。」

「他們還有常出去？」

「一兩次吧，來看我練陣頭，或者我出陣的時候，楊博翰會帶她來。」

「我也想看。」我說。

「如果有機會的話囉。」他笑著，「練陣頭的機會比較多，出陣比較少。不過妳來的話，我不一定有時間陪妳喔，因爲通常都很忙。不過妳不用擔心，我可以介紹別人給妳認識，那裡的人都很好，也有一些女生。」

「怎樣的很好？」

「有事情大家都會互相挺啊，遇到問題的時候，也會互相幫忙。」

「你要跳官將首跳一輩子嗎？」

「怎麼可能？」他說這大概只能跳幾年吧，他另外還有打算，想去當修車學徒，不然就是教人家跳官將，或者留在廟裡工作。

「那你會在學跳官將首的地方交女朋友嗎？」我忽然覺得自己很白痴，竟然開始胡亂問問題。

「不會吧，」他還是很專注在遊戲裡，一點也沒有發現我已經臉紅過耳，還逕自說著：「這要怎麼說呢……在那裡大家比較像一家人啦，又有朋友又可以賺錢，沒有什麼不好的。」

眼看著遊戲裡的對手接連被他撂倒，劉建一趁空檔點了一根菸，叼在嘴上，雙手很乾脆地拍了一下遊戲機台上的按鈕，接著進入下一關。開始打鬥的同時，他聲音很輕地說了一句話，深深地鑽進了我耳裡，「很久以前，我就已經有喜歡的人了。」

那是我最後一次單獨跟他見面、說話，之後就再也沒機會了。當天傍晚回家時，媽媽就坐在客廳裡等我。因爲我無故缺席，學校打了電話到家裡來。媽媽急了一整天，非常生氣，我當然沒說去了哪裡，只跟她說因爲心情很不好，所以蹺課躲在車站附近，連村子都沒離開，她氣消了之後，忽然緊緊地抱住我，哭了出來。當她溫暖的眼淚滴在我臉上時，我知道她是愛我的，而且十分害怕我離開。我知道，眞的知道。羽華也不知道我跟劉建一去了哪裡，傍晚一放學，她立刻就殺到我家來。面對她的生氣與憂急，我只能「對不起」、「對不起」地說個沒完。

隔天我按照慣例出門，有同學問我昨天爲什麼沒來上課，我支吾著說身體不舒服。下課時楊博翰自己一個人跑來，說劉建一今天又蹺課了。但時間匆促，我沒機會繼續追問下去，我想問的是，劉建一喜歡的人到底是誰。當天放學回家，我媽就告訴我，要我準備跟大家道別，因爲她已經請小阿姨辦了手續，我們會在最短的時間裡離開村子，離開這個島，到一個很遠的北方去，重新開始。

我還記得羽華的眼淚。她留下了所有可以聯絡到她的方式，寫了滿滿一張紙，連她幾個常跑的親戚家的電話都抄給我，叫我有空要回來，沒事要多寫信，最好趕快學會用電腦，就可以發電子郵件給她。

我想託她替我問劉建一那個問題，但最後這句話我說不出口，那實在太丟臉也太莫名其妙了。不到三個星期，護照之類的相關證件已經辦好，我不知道家裡剩下的物品怎麼處理，房間裡采薇的東西已經都帶走了，我的東西倒是不多。把寫著「晴耕雨讀」四個字的小紙卡珍而重之地收好，到了日本的第一件事，就是在窗邊再掛起來。

我沒有機會跟他說再見，沒有機會把我那時青澀未開的情感對他表白，甚至連跟他說聲謝謝的機會都沒有，是因爲他的緣故，讓我在離開台灣前，最倉皇紛亂的短短時間裡，有一個可以悄悄依賴的目標。

「妳在笑什麼?」佳雀姊的聲音把我拉回現實裡。我看見幾隻鴿子就在腳邊踱步，附近開始有些帶著倦容的上班族，踩著疲憊的步伐走過去。這裡是日本，一個我完全陌生的國家，完全陌生的城市。

「沒有。」微笑著，我說，目光看得很遠。

我笑，是因爲想起那一幕：媽媽收拾好行李，站在巷口等大舅舅來載我們離開車埕村時，我忽然發了瘋似地往山坡上面跑，跑到三元宮外面，還差點踩到廟門邊趴著熟睡的野狗。在那裡，我用從來沒有過的虔誠，向三官大帝祈求，請祂保佑每一個在這裡我認識的人，特別是那個弱不禁風，常生病，還得過繼給神明當孩子的人。然後我又往下跑，跑過我家那條巷子，在我媽一頭霧水的眼光中飛奔過去，一路跑到車站外面，就在那張木椅子邊，我用放在包包裡的極細字水性筆的筆尖，用力地在木牆上刻鑿出十六個字：「要記得我，要等我，我是一年六班的采芹。」

✧

你要記得我，要等我。
因為我會記得你，會等你。

一部日劇也沒看過，也從來沒跟外國人講過話，忽然來到這地方，對我而言，什麼都很新鮮，但那種新鮮感維持的時間卻很短。原來淺草不是長了很多草的地方，這裡大部分都是住宅區。小姨丈不是日本人，只是因爲跑單幫而開始熟悉日本，後來索性結束台灣的生意，跑到這兒來開店賺錢，他說這樣還更實際也單純點。

中華料理賣的食物一點也不中華，跟我在台灣吃的東西很不一樣，我才知道，原來那是適合日本人口味的中華料理。姨丈承租了整棟四樓高的建築物，一樓做爲店面，餐廳從中午開到晚上，二、三樓則是民宿。我跟媽媽搬來後，就和小阿姨一家人住在一起，在這棟樓的四樓。第一天早上我覺得在味噌湯的味道中醒來是很不錯的事，第二天我覺得飯糰眞是可口的早餐，但第三天之後，我就覺得日復一日的無糖麥茶眞叫人頭痛。到東京的第一天，一問到地址，我立刻打電話回台灣給羽華，跟她說了國際信件的寄件方式。

10

從台北來的李靖康，是我在東京中華學校認識的第一個朋友，他說這裡什麼都好，就是東西太貴，日本人說話速度太快。

「其實不在這裡浪費時間也可以，但是這樣就進日本人的國中的話，肯定會累死。」他幫我搬了桌椅，也領了課本講義，我的位子就在窗邊。因爲不是在學期中間才插班入學，所以我的進度落後不少，幸虧這邊學的東西還算輕鬆。李靖康是我們班長，雖然他自謙說日文不好，但其實已經說得又流利又好聽了。

「妳爲什麼會來這裡讀書？」放學後，他陪我去搭丸之內線的電車。到了新宿，我差點沒被洶湧的人潮給嚇傻。他說這裡每天都這樣，抬頭望去，黑壓壓的全是人頭。我像個鄉巴佬，讓他帶著我一路往南走，沿著無數光鮮亮麗的建築物，他向我介紹了幾個可以逛的地方，不過那些我都沒在聽，因爲一來我不是觀光客，二來我也沒錢，媽媽在姨丈的中華料理店裡幫忙，每個月領的薪水非常有限。

「因爲我媽想換個環境啊。」

「台灣那邊有什麼不好的事情嗎？」他的心思很敏銳，馬上猜到了。只是我不願意講太多，點個頭就當是回答了。還好李靖康也很識相，沒繼續追問。

我在想，其實自己並不是那麼沉默的人。在車埕，我可以跟羽華有說有笑，遇到楊博翰，調侃他時也不會辭窮。可是來到日本，或許是由於初來乍到的陌生，也可能打從心底我就不想來，因此這裡的一切都無法讓我動心，當然也失去了開口說話的意願。

從新宿走到原宿的距離不算短，傍晚時候，華燈初上，多的是逛街人潮和快步走過的上班族。佳雀姊在附近讀書，比我晚下課時，我就得想辦法自己回家，或者過來這邊等她。

「放開心點，在這裡，妳會需要朋友的。」到了跟姊姊約定碰面的麥當勞，在原宿最熱鬧的一條街上，李靖康叫我最好別一個人亂跑，想逛街的話等姊姊來再一起去。

「我知道，這條路我姊已經帶我走過一次，沒有問題的。」

「還是小心點好。」他笑著說：「如果有事就打電話給我，有個可以說日文的人幫忙，妳會比較輕鬆一點。」說完，他跟我揮手道別。我點頭，看著他離開。

竹下通這一區，來去都是年輕人，有很多賣飾品的店家，飾品哪！我想起朵薇，她一定會開心得大聲尖叫，然後一頭就栽進那些東西裡。她現在好嗎？不知道爸爸是否已經找到新工作了，如果他真的再娶，新媽媽會對朵薇好嗎？總覺得她比我還要讓人擔心。我沒有爸爸的聯絡方式，也不知道搬出車埕後，他們到了什麼地方。

按照媽媽的計畫，我要在中華學校待上一段時間，先拿到國中的同等學歷，才報考日本的高中。然後呢？喝著很貴，但並不特別好喝的可樂，我連想都不敢想。

佳雀姊已經是大學生，上下課時間不一定。等她來，再走一小段路到涉谷，就可以搭乘銀座線電車回淺草。

「這是日本最早開通的地下電車線。」在搖搖晃晃的車上，佳雀姊說：「以後妳會常用到這條線的電車的。」

我點點頭，看著窗外的一片漆黑，只覺得很醜，跟水里到車埕短短的那一段風景完全不能比，也不像以前在那段路上，滿車都可能遇到熟人或鄰居，眼前全都是陌生的日本人。然後我想到他，有多少次我曾在電車上遇到他？記憶中似乎不多，我沒有太多羽華跟楊博翰在電車上鬥嘴的記憶，而一定有楊博翰，才會也出現劉建一。只有那麼幾次吧？我們四個人分佔車門兩端，這邊始終是羽華在說話，那邊一直都是楊博翰開口。那時的我沒有過去跟他交談的機會，更沒有那個勇氣。而今，當我有滿肚子的感觸時，車上只剩下色彩鮮豔的日文廣告，跟一堆永遠不會懂我在說什麼的日本人。

「來到這裡，就別再多想以前的事了，對妳沒有太多好處的。」佳雀姊像是察覺到我的心思，「以前我剛來的時候也一樣，整天都在想台灣的事。拿食物來比，拿交通方式來比，拿生活習慣來比，也會拿遇到的人來比。」

「結果呢？」

「結果就是當妳身邊的新朋友想接近妳，想帶妳融入這個新環境時，妳不知不覺地把門關起來，變成一個自閉的人。惡性循環之下，妳會因爲沒有朋友，而更想念故鄉，偏偏就是回不去，於是就更孤僻了。」

我默然聽著，那就是我現在正在做的事。

「所以，妳要試著慢慢融入這裡，把這裡當成妳第二個家。」震動頻率規律得引人入睡的電車上，她說：「眞的，妳沒得選擇，非得這樣不可。」

在田原町站下車，附近只剩下居酒屋之類的店家還在營業，整條寬廣的道路都靜悄悄的。我不斷想著佳雀姊的話，想著想著，發現居然掉了一滴眼淚。這是一條沒得選擇的路，我已經在東京了。幾個月前，我不可能丟下媽媽，選擇和爸爸一起走；當媽媽決定要來日本時，我沒有表達自己的意見；事到如今，當然無從埋怨。但其實我不想來呀！眞的一點都不想。

「今天還好嗎？」回到店裡，還有幾個客人在喝酒，姨丈跟小阿姨都穿著廚師的衣服正忙碌著，在廚房裡，忙得滿頭大汗的媽媽問我。

我微笑，「都還好。」是遺傳嗎？我們都不喜歡在自己最親近的人面前，表現出軟弱的樣子。

「慢慢就會習慣了。」她很忙，沒有時間多聊，又開始舀湯盛料，而我也只好轉過身，準備從旁邊的小樓梯上樓。

「對了，這是妳的。」媽媽忽然又叫住我，她在圍裙上揩去滿手油膩，從上衣口袋裡拿出一張明信片，遞到我手中。

都好嗎？台灣變得好熱，畫了妝，換了衣服後，更熱。

聽說日本女學生的裙子都很短，妳也是嗎？很難想像妳穿那種裙子的樣子，我可能會認不出來。

大家都很好，不過要告訴妳一聲，現在我沒有再去學校了。家裡需要錢，除了出陣，我老闆還介紹我們做一些其他的工作賺錢。

妳以後會回來嗎？我們都想妳。

署名的有三個人，分別是羽華跟楊博翰，還有寫這張明信片的劉建一。坐在窗邊，對著外面已經黯淡的街景，反反覆覆地讀了又讀，我把明信片牢牢抓在手心，對著那張懸吊窗邊的小紙卡，盯著「晴耕雨讀」四個字，直到視線模糊，不知不覺間終於被淚水遮蓋了一切為止。

✧

總有那一天的，我保證，我會堅強而勇敢地站在你們面前。

愛情，沒有開始的理由，所以沒有開始。就像上一封信裡說的那個李靖康，他眞的是個好人，但很遺憾地，我們只是好朋友而已。離開中華學校後，大家還常有聯絡，一群同學也會約著出去。上個月的假期才搭新幹線到大阪去，見識一下文化古城。那種歷史風味大概就等於台灣的台南，雖然其實我沒去過台南。現在念的高中裡，同學都很喜歡問我關於台灣的事，不過我一點也答不上來，能說的，永遠都是車埕國小跟水里國中。

上次妳問我這裡的生活，老實說，實在乏善可陳。雖然總算稍稍聽懂他們在說什麼，也交了不少新朋友，但那種文化上的隔閡一直都在。那些禮貌到不行的習慣，是我感覺最怪的，隨時都有人跟你點頭打招呼，客氣得讓人毛骨悚然。我小姨丈常說，日本人就是這樣，骨子裡想什麼你不知道，但表面上絕對讓你舒服得沒話說。不過我比較喜歡以前我們粗魯的野孩子風格。

兩年了，我還沒有勇氣問我媽，到底什麼時候要回去。一月底時，東京下了好大的雪，拍了一些照片寄給妳。其實下雪天反而不冷，眞正冷的是融雪的時候。很想到外面去堆雪人，不過當然只是想想而已，因爲在這裡我沒有玩伴，佳雀姊只會抱怨下雪讓她出門不方便，她也已經過了堆雪人的年紀。

四月分，剛開學，沒想到我比妳先上高中，這種開學時間眞奇怪。我很期待能夠多認識一些朋友。剛來時，佳雀姊跟我說過，李靖康也跟我說過，在一個完全陌生的地方生活，不能光靠別人來幫妳，在別人伸出援手之前，得先打開自己的心門，讓別人可以了解妳。這些話我一直謹記在心，也期望自己可以做得到、做得好。

再過幾個月妳就畢業了，還會留在中部嗎？還是打算到其他地方去？大家都還好吧？班上的同學們呢？聽到妳說他們還記得我，讓人很開心。楊博翰跟劉建一呢？幫我問問楊博翰，他有沒有打算在國中畢業前，累積滿十次被妳「退貨」的紀錄。幫我問候大家吧。

采芹

花了不少時間寫完信。多虧一本破破爛爛的小字典，有很多字我才能夠順利寫出來。媽媽很鼓勵我寫信回去給台灣的老同學，因爲這是讓我練習中文的好方法。兩年來，講日文的機會愈來愈多，能說中文的對象卻愈來愈少，小姨丈經營的中華料理生意不錯，在隔兩條街遠的地方開了第二家分店，引進很多台式菜色，請媽媽在這邊掌廚，也頗受附近上班族的青睞，缺點同樣是爲了配合日本人的口味，沙拉油用得極少，吃起來還是怪怪的。

羽華每隔一陣子就會寫封信來，跟我說說她的事，有時也會附上照片。她一直抱怨我不學電腦，如果用電子郵件，就可以省下很多寫信寄信的時間，甚至連照片都可以用數位相機拍攝，不必另外沖洗。其實我何嘗不知道？讀了兩年書，學校裡也有教，但問題是我沒有電腦，佳雀姊的電腦放在她房間裡，雖然不是不能借，可是我不喜歡向別人開口借東西，這是從小養成的習慣。

再沒有劉建一的消息。我曾經每天都盼望收到他歪斜的筆跡，盼著，直到後來的淡然，終至不再抱持任何期待。然而，我知道那不是情感上的消退，是不管我多麼期待，只要人還在這裡，那就什麼也不可能。穿上高中制服，走進兩旁種著櫻花樹的校門時，我看著學校的建築，對自己許下一個承諾，這三年，就三年，我念完就要走。

怎麼忽然就交男朋友了？未免太快了吧？才高一耶！好歹應該先多熟悉高中生活，然後再好好選擇對象啊。聽到這個消息，眞讓我嚇了一跳，想當初楊博翰追了妳三年都追不到，結果妳一離開南投，到台中就交了男朋友，他知道這消息嗎？應該會嘔死吧？

這裡的高中跟我想像中的差很多，除了穿著制服之外，班上的女生們看起來根本不像學生。我們學校沒有髮禁，每個人頭上都五顏六色，裙子一個比一個短，連我都看得不好意思，眞佩服她們的勇氣。上課就更別提了，認眞聽課的人當然有，但是也有玩撲克牌、講手機，還有乾脆蹺課缺席的，才高一就這樣，之後怎麼辦呢？

新學期的開始，一切都還算順利，這裡跟中華學校不一樣，遇到的全都是日本人，不過沒關係，只要敞開心胸，朋友自然不會少。跟妳說個妳一定意想不到的，我加入了學校的啦啦隊，很意外吧？原本只是陪同學去，但是幾次後，我發覺其實挺好玩的。台灣的高中有啦啦隊社團嗎？那種幾十個女生一起大聲呼口號的感覺非常過癮，如果心裡有什麼委屈或不愉快，在那一致的動作跟口號裡，很快就會跟著煙消雲散，只剩下練習後痛快的汗水而已。

有兩個棒球隊的學長跟我告白，不過我對理著大平頭的男生一點興趣也沒有，而且好笑的是，他們寫給我的情書，上面錯字比我當初開始學日文時還要多，眞不曉得這麼進步的國家，怎麼教育上會有這樣詭異的問題。

妳跟男朋友還好嗎？很想看看他的樣子，居然有辦法在這麼短的時間裡，就擄獲了我們徐大小姐的芳心。

祝　順利

采芹

學校距離住處有點遠，在月島一帶。小阿姨嫌淺草附近的高中不夠好，但我眞的覺得月島這邊的也沒好多少。不過還好都在東京的東半邊，換電車不會太麻煩。

「今天放學後有事嗎？」早上出門前，媽媽叫住我，「如果方便的話，不介意幫我到市場去一趟吧？」她說的是築地市場，那兒有長期供應漁貨的店家。

「要拿東西嗎？」

「要是拿得到就好了。妳去那邊，當面跟建太叔說一聲，明天要是再不送貨來，我就找其他人買了。叫他想辦法，明天早上絕對要把魚給我生出來！這人不曉得是怎麼回事，電話不接，行動電話也打不通……」她很忙，一邊嘮叨，一邊就往廚房裡去了。

我笑著，換上皮鞋。徹底換個環境是對的，這兩年來，媽媽變得快樂很多。印象所及，嫁給我爸後，她從沒有正式工作過，剛到日本的前半年，她經常累得腰痠背痛，但現在她也適應多了，我喜歡看她每天早上充滿朝氣開始切菜的樣子。

而我在想，或許這就是我遲遲不敢對她說出自己打算的緣故，如果高中畢業後我走了，那她一個人在這裡怎麼辦？

這天上課上得很不專心，腦海裡不時想起早上泛過心頭的想法。其實這裡的生活很順利，家裡經濟也比以前好，然而我打從心底就是無法認同這塊土地，很難像佳雀姊以前說的，把這裡當成第二個故鄉。

所以傍晚的啦啦隊練習我缺席了，找我一起去參加的，是班上一個叫做玉子的女孩，日文裡「玉子」的漢字其實是雞蛋的意思，所以大家都叫她小蛋。我跟小蛋說今天媽媽交代了，要幫忙跑腿辦事。小蛋知道我家的狀況，也沒多說什麼，答應替我請假，不過她也提醒我，這星期已經請了兩次假，這樣對團體練習不太好。

能怎麼辦呢？我只能彎腰鞠躬，再三道歉，然後請她轉告學姊，希望大家多多包涵。這個禮節非常重要，儘管我懷疑每個人這樣做的誠懇度，但不知不覺間，也習慣了這種方式。

走出校門，午後的陽光耀眼。從這裡過去，穿過長長的月島商店街，再走過橫越隅田川的勝鬨橋，不用花太多時間就能到築地市場。

我很喜歡走路，緩慢的步伐裡，可以讓人放鬆心情，想些事情。尤其在不趕的時候，我更是喜歡走著走著就坐在路邊發呆。當然現在不會像以前那樣，還記得國一時的那個雨天，我簡直是下意識地蹺課。那次媽媽很擔心，現在我只想當個乖小孩，而且，就算我在這裡蹺課，也再遇不見那個美好的意外了。

「差點就錯過了！」突然，腳踏車的鈴聲在我背後叮噹響起，接著是刺耳的煞車聲。很難得在家裡以外的地方聽見中文。李靖康穿著高中男生制服，也理了小平頭，喘著氣，對我說：「一群穿著制服的學生走出來，不過就妳的背影最好認。」

「我？」我很疑惑。

「因爲妳跟大多數的台灣人一樣喜歡駝背。」他笑著，「妳知道我騎了多遠的腳踏車嗎？上來，我載妳回去。」

✧

他說：「我好想吃台灣菜，所以我想到妳。」

12

佳雀姊說她觀察了這麼久，很確定那是別有居心。不過我不認爲，畢竟我媽媽做的菜是眞的很好吃，雖然距離遠了點，但他偶爾來吃吃飯，也都有付錢，這也說得過去啊，不是嗎？李靖康這人，認識他這麼久，個性算很體貼、外向的，同時他也非常謹愼，如果我沒給他機會，那麼大概到我回台灣之前，我想他都不會敢跟我告白的。

很久沒聽妳提起台灣的老朋友，還跟楊博翰他們有聯絡嗎？有時我會害怕，怕自己就忘了台灣的一切。其實並不是眞的離開那麼久，只是待在一個溝通不方便的地方，難免會多思考一些跟自己有關的事。我有時眞的想不起來老家的東西，到底三元宮的招牌是由左寫到右呢？還是由右寫到左？車埕到水里的車票以前是多少錢？一天有幾班車？我發現這些小細節居然慢慢從記憶中被淡忘，那種感覺眞的很可怕。

上個月考試成績還不錯，佳雀姊建議我可以開始挑選心目中理想的大學，但我說出來的答案卻讓大家錯愕，我說我想回台灣了。

我沒想過自己會有勇氣，敢把「回台灣」三個字說出口。脫口而出的那當下，心裡眞的非常痛快，雖然嚇壞了所有人。我說我們畢竟還是台灣人吧？沒有放棄我們的國籍吧？雖然很遠，雖然有過一些不開心的往事，雖然以前認識的人可能都已經離開了，但我就是想回去。那裡總還有一些割捨不開的才對，當我連外婆都搬出來時，我媽的眼眶就紅了。所以我也問她，願不願意等我高中畢業，跟我一起回去看看外婆。坦白說，我覺得這個提議的成功機率還挺高的。

妳開始準備考大學了嗎？在台灣讀書壓力應該很大吧？希望眞能夠有那一天，我回去後，我們再一起在台灣的大學裡當同班同學。

平安順心

采芹

把信寄出去，然後從學校附近輾轉搭車，跑到海邊來。這是我到日本的第五年，卻是第一次來台場。高中生活除了啦啦隊，其餘的一切也是乏善可陳，我居然連班上的活動都幾乎沒參加過，唯一一次出遠門，還是跟中華學校裡的同學們去大阪。忍著腿痠，從電車站出來，晃到海濱公園，看著雄偉的彩虹橋，在沙灘旁的花圃邊坐下。我給自己一瓶熱咖啡，這就算是奢侈的賞賜了。

天色還早，所以看不到橋上的七彩燈光。昨天的全國高中春季排球大賽，我們學校難得打進第三回合戰，啦啦隊跟管樂隊全都到場，表演得比球員還賣力。爲了這次，大家練習了很長一段時間，喊得喉嚨都啞了。雖然最後我們還是不敵種子隊，慘遭敗北，不過也已經是很令人激賞的成績了。激烈練習與演出的結果，換來的就是現在我舉步維艱的步伐，連坐下時都覺得屁股一陣痛。

「哪裡不好約，約在這麼偏僻的地方。」我的咖啡還沒喝完，已經聽到李靖康的聲音。他從千代田那邊搭乘另一個方向的電車過來，我們約好在這裡碰頭。

「都要走了，要是連台場都沒來看過，回台灣我怎麼跟朋友炫耀，對吧？」我笑著這麼告訴他。星期天中午，全體啦啦隊員聚餐，吃飽飯後，我特地帶著早上跟佳雀姊借的相機，就是想來這裡拍幾張照片。當然，跟玩有關的，就不能不找李靖康。

「眞的要走？」

「怎麼，你捨不得我？」我促狹地笑著。

「對呀，我原本打算妳高中畢業典禮那天，捧著花去向妳告白的。」他幽默地說。

「你可以更浪漫一點，等我要上飛機前，準備過海關的時候再來，這樣我會牢牢記得你一輩子。」

「然後妳就會留下來嗎？」

「很抱歉，不會耶！」我終於忍不住，捧腹笑了出來。

我們對旁邊的百貨商場沒興趣，就在白色沙灘上閒走。走著走著，我忽然開始想，如果當初我有李靖康這樣開朗的笑容跟大方示愛的勇氣，那麼是不是就可以早一點讓劉建一知道我對他的感覺？至少不必等到我要走的那一天，才在沒有任何轉圜餘地下，無奈地在那道牆上刻下幾句曖昧不明，而他也不知何年何月才會發現的字？

走到沙灘盡頭，李靖康問我，如果有一天眞的要離開，會不會有什麼是捨不得的。

「你應該問我的是，會不會有什麼是我容易捨棄的，這樣比較容易回答。」我說。

「是嗎？那什麼是妳容易捨棄不要的？」

「沒有。」結果我是這麼說的。「對我而言，一切都太重要了。」

家境也很富裕的他，可能無法了解這句話裡的意義，更不知道這句話對我而言，有著什麼樣的背後因素。老實說，我眞的捨不得所有的一切，無論是當年在台灣那微薄的記憶，或者這幾年來在日本的點點滴滴。

「在中華學校的操場鏟雪，一群台灣來的小朋友玩得很開心，你記得嗎？」我問他，「這個我記得；第一次你陪我從新宿走到原宿去，在麥當勞外面，你叫我別亂跑，還把手機號碼抄給我，你記得嗎？這個我也記得；後來我們上日本高中，我第一次陪同學去啦啦隊的社團參觀時，學姊問我要不要加入，我同學用渴望的眼光徵詢我，希望有人可以陪她一起跳，那個眼神我也記得；高一上學期，有一次你忽然騎腳踏車跑來學校找我，還載我到築地去，又送我回家，這個我都沒忘，我甚至還記得那天你在我家吃到炒高麗菜時，感動到連眼淚都差點流出來的樣子。」

我停下腳步，望著一片薄薄霧中，很朦朧的跨海大橋，「你說，這麼多美好的回憶，該怎樣才能捨棄得掉呢？」

✧

太美好的忘不掉，太難堪的也忘不掉。

所以我只好背著記憶，努力往前走。

13

我從沒看過東京的夜景，想不到竟如此璀璨。摩天輪行進得非常緩慢，高度一再攀升，我看著外頭看得出神，但李靖康的視線卻一直停留在我身上。

「我知道我很漂亮，你可以不用這樣一直看。」我眼角餘光瞄到他在看這邊，忍不住說。

「妳變了很多，跟以前比起來。」他忽然說。

「喔？」這話吸引了我的注意力。

「妳剛到中華學校的時候，跟現在比起來，眞的差很多。」

「都過五年了啊。」

他嘴角有感傷的微笑，望向窗外，「是呀，五年呢。說來好笑，我們好像從來沒有眞的好好聊過天，對不對？」

想了一下，我點頭。上高中後，啦啦隊佔據了我大多數時間，從李靖康來學校找我那次，一直到現在，幾乎每一回見面都是他直接騎腳踏車到我媽店裡吃飯，雖然我都會在，但總是在幫忙，沒空多招呼他。而幾次在店裡以外的地方碰頭，我們也是閒扯居多，眞的要聊什麼，好像確實沒有過。

「我不知道這種感覺要怎麼表達。」他感嘆，「這樣似乎不太像朋友，對不對？」

我也不曉得該怎麼回應，微笑了一下。平時我所想的不外乎是台灣的往事，還有學校裡啦啦隊的練習，眞要算起來，我也沒有其他話題好說。

「釆芹啊，」他忽然問我：「妳從來沒有想過要交男朋友嗎？」

「男朋友？」我愣了愣，「爲什麼非得有男朋友不可？」

這句話反而讓他回答不了。其實不是沒有想過，每當我跟小蛋她們在一起時，大家的行動電話總是響個不停，多的是男朋友打來查勤。一起去逛街，女孩們總會想買點什麼送給男生，再不就是爲了自己喜歡的對象，努力裝扮自己。可是我呢？沒有人打電話給我，我甚至連手機都沒有，到了今天，都快要回台灣了，我才終於有了第一支行動電話，而且還是佳雀姊汰舊換新後送給我的。

看著燈火燦爛的東京，我緩緩開口，「我不是不交男朋友，眞的。只是覺得，處在一個隨時有可能遠行的狀態下，這樣的自己給不起任何人安定的保證，不是嗎？」我想著，從什麼時候開始懂愛情的？其實我根本沒懂過。但我卻很明白，自己第一次感覺到愛情的存在，是離開台灣的那一天，當我在車埕站的木板牆上刻字時。可是我能給人什麼愛情？當我注定了只能不斷來去，隨時都要身不由己地漂流時，我能談什麼戀愛？

我們就這樣陷入了長長的沉默中。李靖康對我有好感，連佳雀姊都看得出來了，我又怎麼會不知道？只是那又如何？除了感謝他給過我的溫暖與照顧，我眞的不知道應該怎麼做才好，甚至連戀愛怎麼談都不知道。

「還會回來嗎？」他又想了想，然後問我：「我是說，再回日本。」

「當然呀。我媽還在這裡，怎麼可能不回來呢？」

「那就夠了。」他點點頭，臉上有很淡，卻情感很滿的微笑。

這種感覺很難說明。有一天，妳一直認爲是好朋友的人，忽然當面對妳透露超過朋友的情感時。當下該怎麼反應呢？我有點手足無措，儘管早就察覺他對我的心意，還是沒想過會有那一天。結果就是無法接受，只能任由彼此都無言而已。那天，他其實沒有眞的告白，但我確切地感受到了。

上星期是我在啦啦隊的最後一次表演，學校的劍擊部參加全國性比賽，一向不被看好的他們，居然拿下了團體戰的冠軍。每一隊共有五人，分成前鋒、次鋒、中堅、副將、大將，每一位選手只要打敗了對方，就要繼續跟下一個位置的人再打，我們原本是落後的，對方的前鋒連續打敗了我們學校的三位選手，可是最後撐到大將對大將。比賽結束的那瞬間，我們的大將守住最後一關，拿下最後一分，裁判的旗子舉起來時，全場觀眾都尖叫了。以往不管什麼賽事，我們啦啦隊雖然賣力演出，但從來沒有那麼認眞看過比賽，畢竟光是要記熟動作，做到一致就很難了。但這次不同，一邊吶喊跟跳舞的同時，我們也被竹刀揮舞的影子所吸引，所以當獲勝的哨聲響起，我們全都抱在一起歡呼，有的人還流下了眼淚。

那套藍白相間的啦啦隊制服現在就放在我背後的床上，鋪得很平。高三了，交棒給學妹後，覺得生活頓時空虛了不少，不知道妳會不會有這種感覺？當肩膀上的擔子忽然卸下，雖然輕鬆，卻也很不習慣。我停下筆，嘆口氣，有種感慨，覺得總算自己沒有白白浪費三年，儘管課業成績不算太好，至少記憶滿滿的，沒有空白。

我跟我媽又提了幾次，決定還是先回台灣，是不是定居還不知道，可能待一陣子後還得再回日本。我媽很希望我在這裡讀書，將來可以接手這家店。不過當然我自己還是比較嚮往留在台灣，所以就且走且看了。

妳又搬家了，怎麼會常搬來搬去呢？上次聽妳信中提到跟男朋友吵架，現在沒問題了吧？有事好好談呀，不要把自己氣壞了。遇見其他老朋友的話，幫我問候一聲。

平安

采芹

寄出最後一封信那天，是畢業典禮的日子。所有畢業生齊聚一堂，聽著師長的訓勉。站在隊伍中，看著講台上的校長，我的心思飄得很遠，想起剛入學那天，佳雀姊帶我來學校，陪我找到教室，用很流利的日文幫我跟同學們打招呼。之後玉子走過來跟我寒暄。還記得當她把自己的名字用漢字寫出來時，我愣了一下，然後她也笑了，告訴我，這是她認識新朋友最簡單的方法，從此我都叫她小蛋。

後來我們一起參加啦啦隊，學長約她時，她每次都要我陪著才敢赴約。有時候家裡不允許，也是我幫忙掩護。直到高中畢業，小蛋她媽媽都不知道自己女兒原來已經交了男朋友。不要多想，時間就會過得非常快。站在這兒，就在小蛋旁邊，當校長結束訓勉，畢業生們齊唱校歌時，我看見她臉上有壓抑不住的淚水。

「妳眞的還會回來吧？」候機室裡，李靖康又問我一次。

「我看起來很像不回來的樣子嗎？」我反問他。

不讓媽媽送我，她要是來了，即使笑著送我上飛機，也會流著眼淚哭回去，所以我拜託李靖康陪我。也還好他沒眞的帶上一大束花，否則我會決定永遠留在台灣。

「最後一次問妳，」我過海關前，李靖康想了想，問我：「在日本這五年，有沒有什麼遺憾？以一個朋友的身分，至少讓我安心點。」

「沒有，眞的。」我笑著說。

怎麼會有遺憾呢？從完全陌生到現在，真的一點遺憾也沒有。我要感謝的人太多了，是他們的支持，鼓勵了膽怯沉默的我，帶著我逐漸轉變，走到今天。同時也多虧了那個人，是當年他無心地問了我，什麼時候要當自己的主角，所以我才努力走進這裡的陌生人群中，放開心胸，有勇氣在東京認識的這些人陪伴下，開拓視野。我猜劉建一說那句話時，一定沒想到幾年後我還會這樣牢牢記得，且奉行不輟吧？如果能夠再見面，他會不會發現我的轉變？如果能夠再見面，是否我有機會讓他知道，這些轉變都是因爲他？如果能夠再見面……

出了關，我沒在免稅商店逗留，只有簡單一個回頭，面向這個讓我從青澀的年代，曾經憂愁鬱悶，而慢慢開朗起來的世界，我在心裡說了一句謝謝，也說了一句再見。然後，成田機場離我愈來愈遠，讓我又想念又緊張的台灣則愈來愈近。

✧

無論在哪個國度，以最美的姿態綻放著，我都說過我會回來的。

第二章

迷濛的白霧中隱約就出現了光，惑使葉瓣逐次綻放，
哪怕是如此卑微的花朵。
最美的天堂，不在沒有愛情的地方。

只是誰能告訴我，當歲月侵蝕了記憶，當塵煙風化了從前，
當你握的不是我的手時，再思念，又如何？

14

這五年來，除了寫信給羽華，偶爾我也會寫給采薇，不過她的回覆並不多，通常也都很簡短，只是報告一些近況而已，其實媽媽比較常跟她聯絡。爸媽離婚後，爸爸並沒有再娶，他帶著采薇到台北，在一個朋友的建築公司上班，雖然是領班，還是必須在工地裡打轉。

我沒有通知任何人來接機，事實上也不需要。在一個到處都是中文的世界裡，我很輕易就能完成通關手續，走出機場，再直接搭車到台北。

「很不習慣吧？看妳滿頭大汗的。」見面的第一句話，采薇是這麼說的。

我點頭，眞的很熱。和她之間有點陌生感，那也是可以理解的，畢竟她還小的時候，我就跟她分隔兩地，而且一轉眼就是五年。

「爸呢？他還好吧？」

「老樣子吧，比以前更有女人緣就是了。」她聳肩。采薇比小時候漂亮許多，頭上跟以前一樣夾著髮飾，非常俏麗。從她的模樣看來，生活應該不錯。

不知道爲什麼，我沒有非常急著想去看爸爸，知道他過得不錯就夠了。也許是帶著一點埋怨，當初他很多事並不告訴我，卻告訴了采薇；離婚時，他也沒帶我走，只帶走了妹妹。我不敢肯定會不會是這些緣故，所以彼此存在了一點隔閡，以致於我們五年來幾乎沒有任何聯絡。

「暫時住這裡好了，反正妳現在一點打算都沒有，對吧？」采薇也沒跟爸爸住，她獨自賃居在景美捷運站附近，離學校不遠。我對台灣的學校不太了解，不過這個女中我是聽過的，學風相當好，看來采薇的課業成績不差。

「暫時是沒有，我還在考慮之後的方向。」我把行李放在地上，環顧著這不到五坪的小房間，心想最好還是別在這兒長住太久，怕會影響她讀書。

一起出門，到捷運站旁，託采薇幫我留意附近是否有便宜的房子和打工機會。她點點頭，跟我揮手道別。我原本以爲她會是嬌生慣養的，沒想到原來很獨立，除了讀書，還在住處附近的咖啡店打工。

其實我也不知道要去哪裡，台灣雖然是故鄉，不過也只限於車埕跟水里。我對台中都不熟了，更何況是台北。這種一切又重來的感覺很特別，像極了當初剛到日本時。不過至少這裡沒有語言障礙，我很輕易地買到手機，申請了門號，也買了兩本書，準備無聊時候閱讀。

該何去何從呢？回到台灣的第一天，我已經開始思考這問題。如果留下來，就要準備考大學，最有把握的當然是跟日文相關的科系，不過這幾年新學校那麼多，該怎麼挑選也是個問題。如果我要長期居留，那麼對媽媽要如何交代？回來之前，雖然沒有明確約定回日本的時間，但也該有個期限。另外，收入問題呢？在捷運上，我不斷想著，該怎麼賺錢？無論在台灣要待多久，我身上的錢都是不夠的，這絕對是當務之急。

從景美搭捷運出來，看著車門上的路線與站名，過了台北車站後，繼續往淡水前進。我口袋裡有一封信，那是好多年前，劉建一寄給我的，寄件人的地址就在這條線上的劍潭站附近。

妳好嗎？

最近很忙，很亂，被很多事壓得喘不過氣。我常想到妳，尤其是很忙很累的時候。妳曾經問過我，爲什麼不寫書法了，我說那個沒前途。但現在想想，自己正在做的這些事，也看不到前途在哪裡。

我字很醜吧？不要說毛筆了，我連原子筆寫出來的字都歪歪的，太久沒有練習，結果就是這樣。

我有點搞不清楚自己在幹什麼，一切都超出想像。離開車埕，來台北，這邊跳官將首的機會比較多。我加入了公司，不過我們老闆做的事很多，除了練陣頭和出陣，有時他也會叫我們做其他事，像是有人欠他錢，我們去幫忙收之類的。我因爲這樣弄傷了手。

最近我都在這裡，不知道會待多久，有兩個人因爲吃藥的關係被抓了，所以警察在查我們公司。我阿嬤一直叫我回去，我也這樣想，回去可能會平靜一點，不然在台中也可以，可是回去又不知道自己能幹麼。

本來不想寫這個的，怕妳看了會擔心，結果還是寫了。

信很短，字跡很潦草，但筆畫間很有力道。我把信收得很好，這幾年來，有時會翻出來看看，也會想像他在台北過著怎樣的生活。後來我們就斷了聯絡，他再沒寫過信給我，而我也沒寫給他。至於我爲什麼沒寫，我自己隱約知道原因，只是不敢多想。

這封信對我而言有極其特別的意義，因爲是所有劉建一寫給我的信件裡面，文字最多的，其餘只有寥寥幾張明信片而已，還是跟大家一起寫的。我每次翻閱這封信時，心裡都會有複雜的感覺：他在台灣怎麼了嗎？是否過得並不如意？相對比較起後來我在東京的生活，他在台北的狀況似乎並不好。難道他忘記了以前我們曾說過的話？那時不是說了嗎？我們要努力做自己的主角，要好好地往前走？所以這封信我很少讀完過，每次看到一半，心裡就會隱隱泛起一層憂慮，而這封信之後，他也沒再給過我任何消息，竟是從此失去了聯絡，只留下我幾年來累積又累積的問號。

這問號，我想在回台灣的第一天就解開它。

劍潭捷運站這一帶很熱鬧，走一小段路，在便利商店裡向店員問路，我依照指示找到那封信上的地址。老舊的公寓，沒有門禁管理，隨手推開門，我走到三樓門前，然後駐足。鐵條門已經鏽蝕不堪，裡面那道木門沒有關上，可以看見屋內的空無，只有兩張舊桌子，還有滿地灰塵。他早已不在這裡了。

我本來就心裡有數，能在這兒遇見他的機會非常小，可是終於確定這是一處空屋時，心裡仍然難掩失落。下樓時有陽光刺眼，曬得人睜不開眼。

我回來的消息還沒通知羽華，是想給她一個驚喜。在麥當勞吃著比日本便宜的漢堡，我把包包裡羽華寫過的信全都拿出來，數了一下，一共三十二封。這上面的地址也換了不少次，不過全都是在台中。

是不是該下台中一趟呢？或許從羽華那裡，可以得到楊博翰的消息，就能間接找到劉建一。羽華最後一封信的地址是在台中市。反正時間還很早，我打了電話給采薇，問她怎麼搭車，然後找到國道客運站。

「晴耕雨讀」的小紙卡就夾在我的筆記本裡。上了高速公路，車上開始播放無聊的影片時，我把紙卡拿出來，視線牢牢盯著它的筆跡，耳裡聽著的，是在日本時，李靖康給我的台灣流行歌曲，梁靜茹在唱〈燕尾蝶〉。

如果破蛹而出的代價是又傷又痛，那麼我願意。如果走了一圈又一圈，追尋的只是一個當年不懂得應該要去完成，也沒有完成的夢想，那麼我也願意。闔上筆記本，彷彿找到了一些答案。閉上眼睛，歌曲反覆播放著，我腦海中逐漸浮現一些關於當年的片段，那些曾經模糊的景象，開始又慢慢回來，一切都從那道圍牆邊開始。

✧

我找到了一個方向，那個方向，是你的名字。

15

原以爲會一路好天氣的，沒想到才過新竹，天空就一片陰霾，過了三義後，甚至開始下雨。以手支頤，我望著窗外，默默回想當年。已經記不得跟羽華認識的最初了，彷彿有記憶以來，羽華就一直是我最好的朋友。國小那六年裡，我們幾乎形影不離，放學後她常帶著點心跑來我家，采薇就是因爲這樣才非常喜歡羽華，因爲她總有可口的蛋糕或餅乾。在那個貧乏的村子裡，我第一次吃到肯德基蛋塔也是因爲徐媽媽的母愛，還有羽華的友情分享。

上了國中後，羽華逐漸有了明顯的改變，她開始重視身材跟臉蛋，書包裡總有幾瓶保養品之類的。但那絲毫無損於我們的交情，甚至她也很樂意與我分享那些美容保養的經驗，偶爾還會把東西塗抹在我臉上。

那麼現在呢？一別五年，她上了高中，又即將從高中畢業，會不會有什麼改變？我知道她租屋在外，知道她交了男朋友，也知道她常跟男朋友爭執。但她很少提及更進一步的細節。我知道她有她的難處，因爲她不只一次在信中向我抱怨，要我改用電子郵件聯絡，理由是寫字太累了。想著想著，笑了出來，輕拍我的包包，裡頭那三十二封信可眞是難爲她了。

在台中車站下車，發現它跟當年似乎沒有多大差別。以前羽華帶著我跟釆薇曾來這附近逛過幾回，而最後一次……記憶忽然帶到那個很讓人悲傷的傍晚，那是我生命中最不願意回想到的一幕，因爲就從那天傍晚，我原以爲會一直持續下去的人生完全改觀，甚至因此遠走他鄉，轉眼過了五年多。

羽華住的地方和車站有點距離，問過的每個路人都不建議我走路。雖然也覺得可能會是好長一段路，但沒有閒錢搭計程車的我，最後選擇在微微細雨中漫步前往。

經過老舊的市場、偌大的公園、熱鬧的商圈，花了一段時間才走到中國醫藥大學附近。是不是該打電話了呢？心裡忽然有種惡作劇的趣味，想著：如果我就這樣去按門鈴，打開門的羽華，她會有什麼樣的表情？

拿著她寫給我的信封，請人指點方向，天都完全黑了，我才找到一條巷子裡來。又是公寓，又是沒有門禁管理的舊大樓。心裡嘀咕著，怎麼台灣跟日本差這麼多。東京到處有出租公寓，但都比台灣整潔也明亮許多。我在想，以羽華的金枝玉葉，她怎麼可能忍受這樣的環境？

樓梯間的空氣不怎麼好，燈光有些昏暗。上了二樓，每個門口都有號碼牌，信封上寫著的二〇八室在走廊最深處。我放輕腳步，慢慢走到門前，在緊閉的門外，深深吸了一口氣，忍住那股雀躍的興奮，然後按了一下門鈴。

「如果你每次都要忘記，那到底我給你鑰匙有什麼屁用……」我聽見有聲音嘟囔著。門被打開，燈光透出來的同時，我看見一張錯愕的臉。

「妳沒給我鑰匙啊。」我壓抑不住地笑。

門沒有全開，就歪探出一張臉來，她愣了至少三十秒，眼睛出神地直盯著我。

「看夠了就快把門打開啊。」我笑著，「就算裡面藏了男人，也應該讓我鑑定一下吧？」

然後我聽到的是她的尖叫聲。

「還不錯嘛，這裡。」坐在小坐墊上，靠著小木桌，熱騰騰的咖啡有裊裊香煙瀰漫。環顧著不太大的房間，我說。

羽華沒有說話，剛剛她尖叫一聲後，忽然把門關起來，叫我等她兩分鐘。是要收拾一屋子的混亂嗎？很想跟她說還是算了吧。比起這房間會有多亂，我更在意的是趕快坐下來，想多看看這個闊別多年的老朋友。

「怎麼了？」看著她怔怔然說不出話的樣子，我微笑問她。當那扇房門重新打開後，我看到的是還算整齊的房間。羽華臉上的表情很複雜，她讓我進來坐下，沖了兩杯咖啡端上桌，我們距離很近地對坐在一起。

「妳……什麼時候回來的？」

「不到二十四個小時前。我先到景美去找我妹，然後馬上就下台中來找妳了。」

然後她沒再說話，卻有眼淚流下來。

「怎麼了妳……」我靠過去，輕輕拍她肩膀，想給她一點安慰，結果羽華卻忽然一把抱住我，我聽見她壓抑不住的哭泣。淚水滴在我肩上，很溫暖，像極了我們無論距離多遠都始終不變的友情。

過了好久，當她的哭聲終於漸漸低歇，我這才鬆開擁抱的手，在桌上的面紙盒裡抽了幾張紙給她。

「為什麼回來之前不先說一聲？」

「想給妳驚喜啊。」我微笑。

「什麼驚喜，妳回來我應該要去接機的嘛。」她擦了擦滿臉的眼淚鼻涕，總算也露出笑容，「該不會是混不下去了，才溜回來的吧？」

「要真是那樣就沒臉回來見妳了，台灣跟日本的學期制不一樣，我可是順利拿到畢業證書才回來的。」我說。

她點點頭，我問她剛剛幹麼不讓我直接進來，還浪費時間收拾什麼。羽華說這裡雖然是她自己住的地方，不過男朋友偶爾會來，所以東西經常丟得到處都是。

「所以你們等於是同居了嗎？」我問她是怎麼交到這個男朋友的。

「同居個頭，我高中還沒畢業耶！要是被我爸知道還得了？」她笑了笑，「他只是偶爾來，會拿衣服來洗，或者在這兒吃飯而已。」

「所以其實妳是洗衣婆兼做菜的。」我調侃她，「眞是太可惜了，從第一次妳跟我說交男朋友開始，我就一直期待有一天可以親眼見到他本人。」

在回台灣前，以及來台中的路上，我不停想著可以跟羽華聊什麼，要怎樣才能把情感完整表達出來，但現在這麼近距離面對面時，我卻忽然發現，很多不必要的話都可以省略掉，只需要一個眼神的交會，她大概就知道我想問什麼，也知道我會說什麼。

「所以之後的問題妳還沒有打算？」

「想打算都不知道從何打算起。我希望能夠留下來久一點，畢竟這裡才是我熟悉的地方，也是我原本應該長久居住的地方。我想留在台灣念大學，所以會再跟我媽溝通看看，反正大學寒暑假時間很長，還是可以常回日本啊。」說著，我站起身來，端詳著牆邊小書架上的書籍，全都是歷史、地理課本之類的，羽華是高中社會組的，這些都是她的教科書。此外還有少數的閒書，像是彩妝雜誌，我還看到幾本跟宗教有關的書籍。

「妳看這些幹麼？」我很好奇，這不太像是她會想接觸的東西。

「嗯？」她呆了一下，說那是最近才開始有興趣，跟同學借來的。

房裡沒有太多的裝飾，一切都很素淨簡單，稍微環顧了一下，我走回小木桌邊來。羽華一直坐在原地沒有動過，眼睛還是直盯著我。

「我知道我比以前漂亮很多，謝謝。」我笑著說，逗得她也笑了。

「說眞的，妳跟以前差好多喔。」她說：「我不知道應該怎麼形容，但是……妳知道那種感覺嗎？」

點點頭，我自己也清楚。讓我改變的原因有很多，除了劉建一，異鄉的生活、家庭因素使然，也都讓我不得不有些改變。而這也多虧了在日本幫助過我的大家，沒有佳雀姊、李靖康跟小蛋他們，我也無法走到今天。很想把這種複雜的心情告訴羽華，但話到嘴邊又有點爲難，尤其當我想提到劉建一時，這才覺得好笑，原來我的改變只有外在，一遇到愛情，我就又變成了一隻縮頭烏龜。

「妳也變了很多了啊。」我也忍不住要笑她，「想當初不知道是誰一臉驕傲，完全不把楊博翰看在眼裡，說什麼不交男朋友，結果現在呢？」

她笑了一下，告訴我，原來楊博翰國中一畢業就離開車埕了，他被丟到高雄去，在那裡讀明星學校。

「還有再聯絡嗎？」

「不常，但也不是說完全沒有……」她遲疑一下，然後反問我有沒有男朋友，她倒是對李靖康非常好奇。

「沒感覺就是沒感覺。」我嘆口氣，「雖然很感動，也很感激他的關心，但朋友跟男朋友是不一樣的，對吧？上飛機前，還是他送我去機場的，我說過我會回去，總有一天。不過，我想就算哪天回去了，我們也只能像朋友一樣聊天，永遠做不了情人。」

「為什麼？」

「我也不知道……」我走向窗邊，說這句話時是背對著羽華的。其實我知道原因，但很難說出口。當年對劉建一的感覺我沒告訴過任何人，因為太過模糊懵懂，連我自己都分辨不清楚，因此錯過了向羽華提及的時機。現在這麼多年過去，誰知道劉建一的下落如何，就算說了也無濟於事吧？

這裡才二樓，應該看不見什麼夜景，不過一想到這些往事，我胸口就一陣悶，很想透透氣。隨手拉開窗簾，外面原來是個陽台。

「陽台外面很多灰塵，出去要穿拖鞋……」羽華對我說。

「好。」我應了一聲，推開玻璃門，低頭正想找拖鞋，視線卻忽然被橫在陽台邊的一桿曬衣架吸引，那上頭掛了五顏六色好多件衣服，大部分都是羽華的，其中也有一兩件比較寬大，顯然是男生的上衣。其中一件我印象很深刻，是件已經洗舊褪色的黃色衣服，上面有已經淡去，可是依舊清晰可辨的印刷字樣，寫著「三元宮」。

✧

如果一切還能再從頭……

16

我匆匆告別，幾乎不敢多看羽華的雙眼。她問我接下來是否還要去拜訪誰，我搖頭，說要回台北。

「台北？爲什麼不住下來？」她很訝異，眼睛瞪得很大。

「今天剛回台灣，就這樣直接跑到台中，連我妹都不知道，不回去的話，她會擔心的。」我編了理由跟藉口，「明天也還要去看看我爸。」

我只說最近會再找時間南下，之後還有工作跟升學的問題也要問她意見。羽華知道留不了我，這才點點頭。那杯咖啡我一口也沒喝，拿了包包就準備下樓。匆忙之間，包包裡一大疊羽華幾年來寫給我的信全灑了出來，掉得滿地。

「這些信……妳都還留著……」說著，她的眼眶又紅了。

我很想再給她一個很緊很緊的擁抱，但卻沒辦法，雙手幾乎完全無法施力，甚至連說話的能力都沒有。我把信一一撿了回來，通通收好。

「記得，有事就隨時打電話給我。」她送我到門口，說得很眞誠：「雖然有點距離，但總好過台灣跟日本的遙遠。我幫得上忙的地方，妳絕對不要客氣，好不好？」

點點頭，我明白她對我的關心，只是此刻我又怎麼承受得起？告別了羽華，強忍著心裡的激動，走到樓下，推開大門，在雨已經停了的夜裡，空氣特別清新。我大口大口地呼吸著，像是要把胸腔裡的滯悶全都沖淡似的。但一邊吸氣的同時，卻仍感覺到有股強烈的反胃感，走起路來腳步也虛浮。

那件衣服我太熟悉了，即使相隔多年，也不可能看錯。劉建一是羽華的男朋友嗎？我該怎麼看待這件事？別說看待了，連想像都很難。不管怎麼說，最有可能跟羽華在一起的都應該是楊博翰吧，怎麼會是劉建一呢？

腦海中泛起的全是當年我們四個人的往事，其中幾乎找不到任何羽華跟劉建一對話的畫面。但偏偏羽華宿舍的陽台上，晾著的卻是我在劉建一身上看過不只一次的衣服，她也確實說她男朋友有時會拿衣服來洗。

在附近的便利商店前，靠著牆喘息了很久，當我終於覺得呼吸順暢點，卻發現臉上早已經流滿淚水。

這個驚喜，眞的還能算是驚喜嗎？走進店裡，買了一瓶水，大口灌著，我盲目地順著來時的路往回走，這條安靜的巷子變得好長，好像怎麼走也走不完。

然後我開始想，羽華知不知道我曾經喜歡過劉建一？如果知道，她怎麼還會跟他在一起？而他們是什麼時候開始的？劉建一從台北寫信給我已經是兩年多前的事，那時我們剛上高一，算算也是羽華剛來台中的時候。是劉建一離開台北後才發生的吧？否則他信裡可能會提到。站在路燈下，我打開包包，在那一堆信件中，找到羽華提及交了男朋友的那一封，確實是高一上學期剛開學不久時寫來的。仔細回想，在羽華所有的來信裡，對於她這個「男朋友」的身分竟然從頭到尾都隻字未提。於是我瞬間明白了，她知道，她是知道的。正因爲她知道我喜歡過劉建一，所以她才不好明說出來，而也因此讓我心生好奇，今天還想來一探她男朋友的廬山眞面目。

天旋地轉中，我幾乎站不住腳，又是好大一陣暈眩。手扶著路燈，倉促地將信件塞回包包裡，我的腳步蹣跚，努力往前走了幾步，就再也支持不住，只好蹲在路邊休息。

爲什麼呢？爲什麼呢？我眞的不懂。我不在的這五年期間，到底他們三個人之間發生了什麼事？路邊有機車經過，兩個男生減速朝我看了幾眼，然後騎走。也好，我不希望任何人來打擾我，儘管其實我很需要誰來攙我一把，但不要，眞的不要，我只想蹲在這裡，把所有往事好好想一回，也把羽華寫給我的那些信件內容好好想一回，然後我才能知道，自己這一趟冒冒失失地往台中跑究竟對不對。很擔心，深怕這個舉動會不會造成什麼影響。

剛按門鈴時，羽華急忙要收拾的，應該也就是劉建一的東西吧？可是她沒想到我會去打開陽台的門，看見了晾在那兒的衣服。如果她知道我已經發現了那件衣服，那會怎麼樣？會不會影響她跟劉建一？想到這裡，我無力地掏出口袋裡的手機，沒有未接來電，趁著它響起前，我趕緊關了電話。

能不能就當我今天沒來過？每個人依舊過著原來的生活，地球照樣轉動，然後我會乖乖回日本，把一切都放在心裡，放在一個最隱密的角落裡，讓一切歸趨平靜就好？好複雜的感覺，還在哭著，卻不曉得自己在為什麼或為誰而哭。掙扎著站起來，往前又走幾步，好不容易接近大馬路口。我想到那邊攔部計程車，直接搭到台中車站。

「妳沒事吧？」結果後面的機車騎過來，忽然有個男生叫了我的名字，「余采芹！」那瞬間，像有電流灌竄全身，我整個人嚇傻，連頭都不敢回。正慌亂地無處閃躲時，那輛機車近距離地騎到我旁邊。他也不敢直接搭我肩膀，側著頭，問我：「妳是余采芹，沒錯吧？」

我不敢看他，深怕一點頭，會讓事情更複雜，結果他忽然笑了，很熟悉的賊笑，「是我啊，妳不認得啦？我是楊博翰啦！」

✧

該遇見的，不該遇見的，都遇見了。

那麼，該過去的，不該過去的，是否也都過去了？

17

「剛剛經過妳旁邊，我就覺得很眼熟，沒想到再騎回來看，果然是妳。我的眼力還算不錯吧？」他笑著說。楊博翰蓄了一頭長髮，很有日本型男的味道，而且他長得好高，以前大家身高都差不多，現在我已經矮他足足一個頭了。

「什麼時候回來的？妳剛剛是到羽華家吧？」他載我到附近的咖啡店，我只點了一杯熱花茶。坐在角落，燈光亮黃，大帷幕玻璃窗外的夜景更襯得我心裡的荒涼。故人相逢，原本應該有很多話要說的，但現在我完全沒有心情了。看看眼前的大男孩，再想想剛剛見面的羽華，他們都變了好多，跟以前大不相同。而我呢？縮在椅子上，我發現自己在飛機上還自以爲的轉變與成熟都不見了，現在我只看見自己的懦弱與徬徨，跟以前一點差別也沒有。

「我剛剛就跟建一說，說這個蹲在路邊的女生側臉看起來很像余采芹，他還死不相信。」他哈哈一笑，「這下他可嘔了，我跟羽華都見到妳了，就他沒這緣分。」

緣分？算了吧，這時候最怕聽到的，就是劉建一這三個字。楊博翰問我是不是身體不舒服，如果有需要，他可以送我去醫院。

「沒事的，可能剛回來有點不適應，加上又沒睡好。」我搖頭。

休息了好半晌，終於比較平復一點。楊博翰像是很久沒說話似的，嘴裡不斷敘述著自己的故事。國中畢業後，他媽媽就帶著他到高雄的外婆家去，讓他在那邊念高中，一直到畢業。

「不過我還是喜歡台中，好朋友在這裡，離車埕也近一點。」他瞞著楊媽媽，偷偷報考了中部的大學，推薦甄試就順利考上醫學院，現在在等入學，已經是準大學生了。

「那你現在都在幹麼？」

「比別人長的暑假嘛，」他聳肩，「當然是閒得發慌，所以才會找劉建一去打球。」

我點點頭，他問我回台灣之後的打算。這已經是今天第三次被問到這個，而我每次回答的內容都不太一樣，「先找個工作，然後念點書，準備明年考台灣的大學吧。」

「在台中？」

「台北吧。」我聽見自己語調裡的黯然，第一天回來，就在台中遇到這麼大的事，我怎麼還有繼續承受的勇氣？

「幹麼在台北？東西貴，空氣爛，交通又擠，而且人生地不熟，簡直不是人住的地方。」他連珠炮似的，「留在台中啦！這裡多好！又有人情味！」

「可是在台北我妹可以幫我。」

「在台中有我可以幫妳啊！」他很熱心地勸說：「一個醫學院的學生，跟一個才念高二的死丫頭，妳覺得誰可以幫妳比較多？」

我笑了出來，楊博翰跟以前倒是沒有太大改變，還是那副自以爲是的樣子，不過說話比以前有料多了。

他本來要載我到車站的，不過我婉拒了，太麻煩他也不好意思。沒想到，他居然說如果要散步的話，他也很樂意陪我一起走。

「看不出來你人這麼好。」

「也不是每個女生都有這榮幸的。」他嘿嘿一笑，「至少得是二十三歲以下，二十三腰以下的美女才有。」

「那我還是自己走好了。」我終於被他逗得眞心笑了出來。我大笑，「本人什麼沒有，就是肚子上的肉很多。」

「所以你現在也是一個人住嗎？」走到車站附近，我問他。

「基本上算是。」楊博翰有點爲難，還有點羞赧，用著很不像會出現在他臉上的表情說：「老實講，聽到妳今天晚上要回台北，我是很想留妳的。我就住附近，房子很大，我媽爲了我，居然買了一個小套房，所以要收留妳一晚上也沒關係，不過……」

「不過什麼？」雖然我不打算去住，但仍然很好奇他的理由。

「我這個人私德不修。實不相瞞，我屋子裡現在有個女的在等我，要是又帶妳回去，那會變得很尷尬。」

我臉上一紅，沒想到是這種緣故。跟著又想到，他一定知道劉建一跟羽華的事吧？當初他那麼喜歡羽華，那現在呢？看我一臉欲言又止的表情，他說：「我知道妳想問我什麼。」

「嗯？」

「其實那沒什麼了，眞的。」坐在車站外廣場邊的石頭上，楊博翰點了一根菸，「當初我也很不能接受，畢竟一個是我喜歡很久的女生，而另一個是我最要好的兄弟。夾在中間，我都不知道應該怎麼調適才好。」

「他們是怎麼在一起的？」我告訴楊博翰，說我只知道大概的時間點，不過不清楚細節。

「因爲剛好他們都在台中吧。」他說明了大致的情況，「那時候我在高雄，老實說也沒想過自己還有回來的一天。雖然一直都有聯絡，不過對那時候的我們而言，台中跟高雄眞的很遠。國二上學期開始沒多久，建一就中輟了，他說三元宮那邊出陣的機會不夠多，賺不了錢，所以跟著別人跑到台北去。」

我點頭，說這個我知道。

「嗯，不過後來他在那邊出了一點狀況。」

「什麼狀況？」

他的表情略顯爲難，「這個他不喜歡讓別人知道，不過我想妳是老朋友了，告訴妳也不會怎樣。」然後他頓了一下，「大概是我們升高中前吧，他那時候在台北混得不錯，偶爾回車埕總是帶了大包小包的東西送人。我當時不知道，還想說跳官將首怎麼會這麼賺錢，後來才曉得，原來他待的那公司平常雖然練練陣頭，也會出陣，可是大多數時候，根本是個討債公司，平常就養些小弟到處收債。」

我低著頭，想起劉建一的信裡約略有提到一點，今天中午我才去了以前他在台北住過的地方。

「說起來建一也很可憐，他根本沒得選擇，別人叫他做什麼，他就眞的去做，後來公司被警察查到，他也進了警察局。」說到這裡，他忽然問我：「妳還記得葉老師嗎？以前我們五班的導師，教英文的那個。」

「有印象。」我點頭。

「那次是葉老師幫的忙。我們上國二那年，葉老師因爲身體的問題，提早辦退休，離開學校，搬到台中市了。警察逮到建一後，追究他中輟的原因，找到我們國中來，學校又聯絡已經退休的葉老師。是她跑了幾趟台北，把建一帶回來的。後來法院判了保護管束，也給他設立法定觀護人。」

「後來呢？」

「那之後他就回台中了啊，葉老師家在台中有租給學生的宿舍，撥了一間給建一，因爲他喜歡那種宗教性的工作，也算是一種專長，所以還幫他介紹到比較正派的廟裡去，讓他在那邊練陣、出陣。」說著，他又是一笑，「推甄考上後我就搬來台中，看過幾次他出陣，妳不知道他那張臉化了妝有多好笑，大概是因爲我認識他太久了，別人裝神弄鬼的就很有模有樣，他在那邊魁星踢斗的時候，我就只想過去搓花他的臉。」

我跟著笑了出來，腦海中開始嚮往，希望自己有朝一日，也能親眼看一次他化妝出陣的樣子。

「大約就是那時候吧，我們國中畢業，羽華來台中，近水樓臺先得月嘛，他們就在一起了。」

「你不怪他？」

「建一嗎？」他搖頭，「一點也不。我認識他那麼久，知道他這個人是什麼個性。」

「什麼個性？」

「他很老實啊，超老實的一個人，搓他圓他就圓，捏他扁他就扁，有時候我都很懷疑他到底長了腦袋沒有。妳不知道那幾年他比較寬裕的時候，隨便誰跟他借錢他都借，從來不會追債，弄到自己快沒飯吃了也照樣借。這個人經常把自己搞得這麼糟，剛好羽華也來台中，那徐羽華這個人妳也清楚的，她就是專門做慈善事業的那種人，看到建一那麼慘，她一定會幫忙，結果幫著幫著，兩個人就在一起了。」故事說完，他攤手。

於是我逐漸弄懂了。同時楊博翰的話也給了我很多觸發。我自己有沒有存著羽華「搶走」劉建一的心態呢？或許有。而楊博翰說的故事讓我明白，這世上很多事情沒有絕對，也沒有辦法埋怨的。就像他說的距離問題，台中跟高雄，對當時的我們已經像是永遠無法企及的距離了，更何況是台灣跟日本？

「可是就算你不怪劉建一，那你自己呢？你對自己的處境是怎麼想的？」看楊博翰收起了他的玩世不恭，說的每句話都很有思考價值，我也想多問一點。

不過我錯了，原以爲他會說出放棄之類的字句，但他沒有，只是沉默了一會兒，然後看著慢慢變深的夜，什麼都沒說，最後，比什麼都說了還要清楚明白地，長長嘆了一口氣。

✧

成全，是愛情裡最難做到的。

18

老爸的身體比以前差了些，拚得了家境，就失去了健康，走起路來總有點搖搖晃晃。不過看來他很享受現在的單身生活，滿屋子都是釣魚用具。他顯得很開心，大概已經忘了當初跟我說過的話。我記得那時他說等他多賺點錢，就要來接我去過好日子。算了吧，我跟自己說，那麼多年都過去了，記得這些又有什麼意義？

「妳媽呢？她還好吧？」吃著采薇買回來的生魚片跟拉麵，老爸問我，相較於媽媽在日本賣的料理，哪個比較好吃。

「她賣的是中華料理，不是生魚片啦。」采薇橫他一眼。這幾年我從沒跟老爸聯絡，倒是媽媽常打電話給采薇。說起來我們是很奇怪的一家人，彼此都在親密中帶著一點疏離，好像很少有因爲思念而主動聯繫的時候。

吃飯中，爸爸問起我的打算。第四個，我心裡算著。我跟他說打算工作跟讀書，他很贊成，直說台灣人還是應該留在台灣，然後開始滔滔不絕地談起政治，說他打算要競選下屆里長，工地裡那些同事都說好了，大家都要來助選。

「他大概忘了，他要選的只是里長而已，他那些同事沒有一個住在這一里的。」采薇用很受不了的語氣說，讓我差點沒把壽司給噴出來。

沒事就好，我這樣想。當年的風風雨雨，隨著每個人離開了那個小村莊，也就跟著慢慢淡化。而每個離開村子的人，在不一樣的城市裡，都還繼續上演著自己的故事，有些人還互相有關聯和交集，有些則已經分道揚鑣。

趁著采薇白天去學校，我用她的電腦上線，寄了封電子郵件給李靖康，告訴他我在這裡很好，請他不用擔心，同時也提醒他，不要因為我不在了，就不再光顧我媽媽的餐館。然後我做了些查詢，發現原來在日本拿到的高中學歷一樣適用於台灣，所以我只要按照台灣的升學制度去報考大學就可以。只是現在離考試不到幾個月，肯定來不及準備，看來得再念一年書，明年跟采薇一起考試了。

坐在書桌前，咬著手指甲，我在想，如果還有一年，那麼我可以做什麼？要讀書的話，跟采薇同住是最好的，可以互相激勵。但這裡空間太小，我也怕影響她的作息。可是除此之外，我還能去哪裡？台中？事隔幾天了，羽華來過電話，不過我沒接，儘管已經下了決心要成全，但那不是嘴上說沒事就沒事的。我還能像之前那樣熱切地再見她嗎？老實說，眞的一點把握都沒有了。

閒暇的時間變得很多，悶得有些發慌。我很想去淡水看看，也很想去木柵動物園，不過都只是想想而已，身上帶的錢有限，那天跟采薇去看爸爸，他給了幾千塊，叫我不夠了就跟他拿。那算是五年來的補償嗎？當采薇嘟起嘴直呼不公平，說她都沒有零用錢時，我接錢的手伸得好無力。所以後來我最常去的地方，就是景美捷運站附近，那倒閉的百貨公司旁邊一個小公園。

坐在公園椅子上，旁邊是大賣場跟國中，熙來攘往都是行人，只有我如此悠閒。台北確實不如東京，溽熱而且有點髒亂。不過那都無所謂，徜徉在午後的陽光下，我閉著眼睛。就在快要睡著時，電話忽然響起，是羽華打來的。第一通我沒接，她立刻又撥過來，我於是按了通話鍵，她問我最近有沒有要下台中。

「有個工作機會，要不要試試看？」她很興奮，「跟日文有關的，我想妳應該會有興趣。」她也在找暑期打工，到一家英日語補習班去面試，那兒日文班現在正缺工讀生，希望可以找到會一點日文的工作人員。

「我是沒希望了，還要另外再找，所以馬上想到，妳也許可以試試看。」

我當然很心動，因爲沒有一技之長，唯一比別人多的，就是一點點日文能力而已。但那當下我沒有立刻答應，羽華說如果有需要，住的地方她也可以幫我張羅。

「好是好，但我還要跟我爸商量一下，前幾天去找他，他才說要我多陪他而已。」我說得有點心虛，爸爸雖然說過希望我留在台北，但無論如何也不可能成爲羈絆我的理由。

掛上電話，感嘆著。那天晚上我看見了劉建一的衣服，這件事羽華應該還不知道吧？否則她就不會還這麼熱心地打電話給我了。

我很猶豫，該答應嗎？想著想著，看看手上的行動電話，通訊錄裡沒有幾個號碼，按著按著，我就撥給了楊博翰，問他對於到台中工作的看法。結果那個傢伙說得跟之前一樣，很開心地表示，「當然好，最好就住在我隔壁，我可以每天接送妳上下班。」

「可是我沒有二十三腰。」我有點後悔打給他。

「那麼多天了，飲食習慣跟在日本時不相同，這樣妳都還沒能瘦下來嗎？」電話中他頓了一下，然後說：「那算了。」

我哭笑不得，其實他也算是很不錯的男生，可惜就是那張嘴老是沒好話。我想起以前羽華拒絕他的理由，再想想後來羽華喜歡上劉建一的理由，不禁感嘆。

離開公園，順著羅斯福路往新店方向盲目地走，走到沒有人行道的橋邊，我還是晃了過去，一直走到捷運大坪林站前，才開始覺得腿痠，再看看手機上顯示的時間，發現竟然有兩通未接來電，是我沒存過的號碼，於是我回撥了過去。

「聽說羽華想找妳來台中。」電話接通，對方也沒招呼，劈頭就問。

「嗯。」我回了一聲，原本的疑惑在喉嚨發聲的瞬間霎時解開，心頭隨即「砰」地一震，呼吸也跟著停頓下來。

「那妳覺得怎麼樣？」

「我……我不知道。」我不知道該怎麼回答才好，這個人的聲音跟以前沒有太大不同，只是低沉了點，但依舊沒有什麼語調起伏。平靜的聲音，卻讓我心裡掀起好大一陣波瀾。

那邊他也沉默了一下，說：「那天很可惜，沒有看到妳。」

「所、所以呢？」我發現自己居然口吃了。

「所以，想說如果妳來台中的話，那大家以後就比較有機會常見面了啊。」

我聽到這句話，又是一陣天旋地轉，努力呼了幾口氣讓自己鎮定下來，但依舊掩不住講話時聲音裡些微的顫抖。

「所以……所以你會希望我搬去台中嗎？」

「當然啊。」他這樣回答。

✧

你知道植物有向光性嗎？

我朝著陽光的方向，那是你的方向。

19

「早知道就這麼點東西，幹麼大費周章搞那麼大陣仗？開我自己的車來就可以了。」楊博翰一邊開車一邊嘮叨。

一輛九人座的廂型車，副駕駛座上是我，後面是羽華跟劉建一，最後面那一排座位上沒有什麼行李，只有個出國用的旅行箱，跟一個我的包包而已。

「搬家嘛。」羽華踹了楊博翰的椅背，說：「重點是誠意，你懂嗎？」

「懂個屁。」他回。

我被逗得笑了出來。笑的同時，也不免感到匪夷所思，沒想到居然會有這樣的畫面，我們四個人在同一輛車上。原本我說不用的，但羽華很堅持要幫忙，還叫楊博翰去租了一部廂型車。能搬什麼呢？扣除這兩件行李，我就孑然一身了。而這兩件行李我都能從日本帶回到台灣，再從機場到台北了，難道還沒辦法帶到台中？

車上四個人，喧鬧的音樂聲中，洋溢著羽華嘻嘻哈哈的笑聲。我笑得很少，也不怎麼敢回頭看。劉建一沒有太多表情，就像從前那樣。從他們開車到景美來，一直到現在快開到台中了，我都沒敢看他幾眼。不敢明目張膽地看，更怕跟他對上視線時，我會手足無措。劉建一跟楊博翰一般高，頭髮沒那麼長，臉型跟小時候也沒太大差別，雙頰瘦了點，他的左手臂上有條很長的疤，我猜大概是當時在台北受的傷。

楊博翰跟我都是有心事的人，他雖然會跟後座的羽華抬槓，也會說幾句笑話，不過從側面我可以瞄到他目視前方時緊鎖的眉。那天晚上他皺眉長嘆的樣子，是否意味著即使過了很多年，嘴上說無所謂，心裡依舊保留著對羽華的情感？如果是，那麼他得花上多大的精神力量，才夠說服自己坐在這裡開車跟談笑？

我很怕變成那樣子，也不確定自己是否做得到，但已經沒有選擇了，我很清楚，當我問他是否希望我搬來台中，而他說了那句當然後。劉建一說那句話時，其實和我詢問他的出發點並不一樣，但沒關係，掛上電話的瞬間，我就決定了，即使只能遠遠看著，即使只能默默陪伴，至少在這一年裡，我想要，我要，我確定要。哪怕他可能永遠都不懂。

跟上次來時大不相同，這天台中天氣晴朗。羽華幫我介紹的工作，距離他們住處也不算太遠，就在上次我經過的商圈那一帶。因此他們幫我物色的住處也在附近，格局我沒看過，反正房子是羽華找的，我信任她的眼光。房租是老爸先代墊的，我無視於他的婉拒，堅持這幾個月拿到薪水就會立刻還他。

「待會不急著放行李，我們可以先去把妳需要的日用品買齊。」車子進入市區，羽華對我說：「因爲妳沒有交通工具，出入比較沒那麼方便。不過沒關係，上班的地方離位處很近，一中街那裡賣吃的店家很多，日常生活不成問題。只是如果要去大賣場就比較麻煩，所以待會我們先去逛。」

「我這車是租來的耶，快到還車時間了。」楊博翰插嘴。

「有人開口邀請你去嗎？」羽華瞪他，「河已經過了，橋可以拆了，不好意思喔。」

「王八蛋，這種話妳都說得出口！」他大叫。

「肯跟你說就算給你面子了，本來我打算等一下搬完東西就叫你滾的……」

他們又開始鬥嘴，而我也跟著又開始笑，羽華已經快擠到前座來了，又叫又嚷的。回頭看她時，我不經意瞄到劉建一的眼光，他正看著我。那瞬間我心中一凜，趕緊把頭轉回來，假裝若無其事。

他終究什麼都不懂，什麼都不知道，是吧？在大賣場裡逛著時，我這樣想。日本也有這種大賣場，但我很少有機會逛，第一次這樣鉅細靡遺地瀏覽架上商品，看到很多在日本的商店裡也有販賣的東西時，我心裡充滿驚喜。楊博翰最後還是被羽華拉來陪著逛，她跟劉建一走在前面，對著羅列的東西指指點點，而我走在後面，楊博翰則負責推車子。逛沒多久，推車裡已經放滿東西，羽華還不停往裡頭塞。

「小姐，我還要生活耶。什麼缺的東西都一下買齊，我看我一個星期後也差不多要餓死了。」我看著推車，那裡面大概有一半以上不是我的生活必需品。

「哎呀，我幫妳出啦，算是給妳接風的。」她說著，把一大袋衛生紙丟在車上，眼看推車已經滿了，羽華拉著劉建一，說要去推另外一輛車來，叫我們就在這兒等著。

「她永遠都是這樣。」看著羽華的背影，楊博翰忽然開口，「不管她說什麼或做什麼，總是讓人難以拒絕。」

點點頭，我知道這種感覺。

「妳還記不記得，第一次我們四個人出去，在水里街上到處亂逛，她說要買衣服那次？」楊博翰說：「後來我覺得我上當了，妳知道爲什麼嗎？那天的前一晚，她來我家買東西，結果發現我在偷吃我家的零食。」

「我知道，她威脅你。」點點頭，往事就這麼驀然湧上來。

楊博翰笑一下，「後來我才覺得自己上當了，她看到我在偷吃零食又怎樣？我又不是第一次偷吃東西，難道我媽會爲了一包餅乾打死我？我幹麼要答應她的勒索？」楊博翰的臉上流露出對回憶的嚮往，「後來我們又出去過幾次，她永遠都有不同的理由可以要脅我，而奇怪的是，每一次我居然都乖乖答應。」

「那是因爲當時你喜歡她。」

「也許是，但現在呢？」他苦笑一下，這麼反問我，讓我瞬間無言。

終於買好了東西，回家路上，楊博翰又開始嘮叨抱怨，完全恢復成原來的樣子，還說這幾天在哪家夜店裡看上了人家工讀生，預計多久之內要追到手。

「沒有女人你會死是不是？」羽華啐他，「不長進。」

「十年一覺揚州夢，贏得青樓薄倖名啊。」他說。

「屁話。」羽華大笑。

我很想問問楊博翰，他是怎麼收住自己的情感的？如何才能隱藏得這麼好？不管是人前人後，要怎麼說服自己不去想，要如何能夠克制，避免情感在不經意間流露出來？我發現不管歷經了多少異鄉掙扎的日子，開拓了多少眼界，原來都沒用，因爲在那個陌生的世界裡沒有劉建一，沒有這麼複雜的情感會拉扯我。

「現在我可以走了吧？」車子停在宿舍樓下，把我的東西全都卸下後，楊博翰問羽華。

「想怎麼走？」羽華斜眼看他。

「開車啊。」

「坐輪椅吧，好不好？」結果羽華一個眼神，立刻讓楊博翰投降。

大家一起把東西一一搬到樓上，當然重物都交給兩個男生。我還是不太敢跟劉建一說話，連看都不太敢看他。

我的家當瞬間暴增。房間不大，跟羽華那邊比起來差不多，只可惜沒有陽台，所以衣服得晾在頂樓的曬衣間。

「洗衣機也在頂樓，頂樓鐵門應該還是舊的，很難開，小心不要刮到手。」忽然，劉建一對我說。

我點頭，還以為是他跟羽華幫我找房子時先注意到的，沒想到下一句他卻說：「這房子雖然有點久了，可是每個房客住進來前都會重新粉刷，以前我就住在妳這一間的隔壁，這附近還算安靜。」

愣了一下，我還沒弄懂，羽華接著又說：「而且這裡的房東很好說話，大家算算也認識很多年了，妳也認識。」

「我？」

「嗯，」她點頭，笑開來，「葉老師啊，還記得嗎？」

那當下是感動的，沒想到事隔許久，我居然也住進這裡。重新環顧一次，雖然是個陌生的環境，但卻有種很溫暖的情感打從心底滋蔓而生，讓我久久不能自己。

趁著男生們在組裝櫃子時，羽華拿了零錢下樓，去幫大家買飲料。本來我也想要一起去，不過她叫我留下來，先趕快把東西整理好，說晚上大家一起吃飯。

「女王啊。」低著頭，正在把螺絲一根根賣力鎖上的楊博翰說了一句，我們都笑出來。那就是魅力，任誰也無法抵擋得住。

「行李箱要現在開來整理嗎？」劉建一忽然問我。

我想了一下才回答他，「先不要好了，暫時擺床上就好。」那裡面沒有多少東西，不急著整理，而且當中有些我的貼身衣物，在兩個大男生面前拿出來也很尷尬。

劉建一點點頭，彎腰下去，把行李箱提起來往床上放。而就在這瞬間，我那個向媽媽借來的行李箱居然因爲年久失修，在箱子碰到床緣的瞬間震動了一下，開關鎖忽然斷開，裡面東西散得滿地。

「啊！」我一聲低呼，趕緊彎身要去收拾。劉建一也很不好意思，急忙蹲下來幫我收拾幾本落在角落的書。我想叫他讓一讓，我自己整理就好的，這時他的動作卻忽然停了下來。因爲其中一本書裡，原本夾著的書卡也掉散出來，那是很久很久以前，他用黑色原子筆，在筆記本上隨手寫給我的四個字，被我製作成書卡，陪著我在車埕，陪著我在東京，現在又陪著我回到台灣，晴耕雨讀。

✧

我藏不住心裡的祕密，
因為祕密早已昭然若揭。

第四章

有個最深的祕密，藏在最初的那地方。
預言了故事的起始，也預言了故事的終點。
悲或喜原來一如四季輪迴無從由人選擇，除了接受。

但或者我該欣慰，終於你看見了我的綻放，在凋零前。
就說一次就好，一次就好，說你愛我，或愛過我。

20

黎主任是香港人，香港人跑到台灣來開英、日語補習班，整個就很不搭調。上班第一天，當所有人用詫異的眼光，看著我跟日籍老師用日文聊天，談起東京生活時，感覺非常不自在。他們不就是爲了這個理由才錄取我的嗎？

「妳以爲台灣有多少女孩子年紀不到二十歲，就中、日文都講得頂呱呱的？」楊博翰自以爲很瀟灑，其實姿勢非常不雅，他半躺在椅子上，嘴裡叼著香菸。因爲他要抽菸，我們選了民俗公園附近茶店的露天座位。當我告訴楊博翰，日本幾乎所有的店家都開放抽菸，或者會特設吸菸區時，他聽得心嚮往之。不過我沒告訴他的是，當我在一群台灣人面前用日文聊天，心裡總有種非常複雜的滋味，台灣的一切都象徵著我舊有的回憶，而日文是在另一個新世界裡才使用的語言，這兩者之間的拔河，拉得我有點矛盾，有點錯亂，也有點難以承受。

「對了，早上接電話的是誰？你女朋友？」躲在陽傘下喝著冰涼的飲料，轉個話題，我問。

「那個不算啦。」他手一揮，「認識沒多久，談不上交往。而且年紀比我大很多。」

我斜睨著他，可是看不出他有什麼心虛。中午休息時打電話過去，接電話的是個女生，而且一聽就知道還沒睡醒。跟著是楊博翰拿過電話，我還聽到他跟那個女的說了一句「別亂接我電話」。

「你這樣不行吧？」

「怎樣不行？」

想了想，我盡量小心翼翼，避免說錯話，「如果有你喜歡的人，或者喜歡你的人，看到你的生活這樣，那人家怎麼敢把心交給你？」

「妳這是在暗示我嗎？」他很直接點破我問這些話的意圖。

「這個嘛……」被識破了，我只好點點頭。沒想到他嘻皮笑臉的下一句話讓我差點吐血，「好吧，看在妳對我也算一往情深的份上，我以後克制一點，這樣好不好？」

「你去死吧。」我嘆氣。

哈哈大笑了一陣，他問我，「至少在他們面前，我都演得很成功吧？」

「是啊是啊。」我鄙夷地附和。

「那妳呢？」他忽然坐直了身，往桌邊一靠，非常認真的表情，問我：「妳呢？」

「我？」我一愣，呆在當下。

「至少可以愛的時候，我很努力地，很勇敢地告白，就算被拒絕得再慘也不放棄；

不能愛時，我誠心誠意地祝福，就算只能站在旁邊看，以一個朋友的身分去接近他們，我也甘心了。可是妳呢？」

我不懂我要怎樣，只能傻傻地看著他。

「那張卡片上的字，是劉建一寫的，對不對？」

我臉上一紅，不知道該如何回答，楊博翰又說：「妳知道嗎？其實妳一直小看我了，我是心思聰敏、見微知著，非常有聯想力的楊博翰。」

「所以呢？」我硬著頭皮，打算否認到底。

「劉建一穿幾號內褲我都知道，他的字我會認不出來？」

「那是當初我要去日本之前，他隨手寫給我的，也不代表什麼啊。」我逞強著。

「如果只是隨手寫的，妳又何必那麼寶貝地收藏起來，還費心做成小吊卡？他能寫字，這個我知道，但他沒那個才藝做卡片，這個我也知道。」他搖頭，「就算這只是個偶發的意外好了，那車埕車站外面牆上刻的字又是怎麼回事？」

至此，我終於無可抵賴，只好垂下頭來。楊博翰又恢復成半躺的姿勢，把一口煙高高地吐向半空中。

「我只是要告訴妳，讓妳知道，其實有些事我看得出來。既然我看得出來，當然劉建一自己也看得出來。」

「爲什麼……」原本低著的頭，因爲這句話而急忙抬起，我驚訝地看著他。

「就說了，我連他穿幾號內褲都知道，這點小事我會看不出來？」

然後我無言了。心裡立刻開始想的是，要不要現在就辭職？房子退租，立刻搬回台北去，或者乾脆逃回日本算了。

「如果妳心裡沒有鬼，那怎麼可能只約我一個人出來喝茶？對不對？小妞，不管妳想做什麼，當一件事必須要掩人耳目時，記得一定要做到滴水不漏，不能昭然若揭，否則反而就欲蓋彌彰了，懂嗎？」說完，他還得意地稱讚自己，「我用了四個成語耶，眞了不起。」

我默然，沒有因爲他的笑話而笑，只是垂首沉思。沒想到楊博翰居然光從一張紙卡，就可以猜到這麼多。

那天，劉建一臉上也是一陣尷尬，猶豫著要不要撿那張紙卡。還是我靠過去，把他手上的書接過來，再把紙卡夾進書頁裡。我們什麼都沒說，他也沒問。晚上去吃飯，羽華請客，吃了一頓燒烤。那過程中我跟劉建一半句話也沒講，從頭到尾依舊是羽華跟楊博翰在鬥嘴。再之後就過了一個星期，到今天我約楊博翰爲止。中間羽華找過我幾次，詢問生活狀況，我都說還好，推說最近比較忙，所以沒時間出來見面。這樣做得還不夠嗎？爲什麼不見面、避免交談了，楊博翰還可以猜得到？

回家的路上，我心裡充滿疑惑。在公車上想著想著，竟然錯過了站，只好在下一站下車，慢慢往回走。

從茶店離開，楊博翰告訴我，他就住在這旁邊的大樓裡，又是不方便送我回去，因爲他樓上還有人在。也好，我需要點思考的空間。走在路邊，都是逛街人潮，好幾次因爲閃神而差點和人撞到。

我擔心自己的出現，會讓原本就複雜但至少還維持平靜的三角關係變得更糾葛，更不希望因爲自己的關係，造成誰的困擾或傷害。可是我能怎麼做呢？在茶店裡，楊博翰察覺到我臉上的猶豫，他對我說的一些話，還清晰地在我腦海裡反覆。

「我不會選擇逃避，因爲這是我心甘情願的。而且重點是，我很清楚羽華的想法跟個性，既然她愛的不是我，那麼無論我怎麼喜歡她，她都不會看在眼裡。我也知道建一的個性，就算他熟到我內褲穿幾號都知道，也不會猜到其實我還放不下一些當年的感情。所以基本上我的存在無害。」抽完菸，他又對我說：「但是妳不一樣。」

「怎麼不一樣？」

「妳的出現一定會引起一些變化，這是我的預感。因爲建一跟羽華之間本來也就存在著一些問題，遲早會出狀況，但那狀況不是我能夠造成的，一定會是妳。」

「爲什麼？」我發現楊博翰很喜歡賣關子，而偏偏他賣的關子都讓我非常急著想知道答案。

「找一天，回車埕老家去看看，妳就會知道了。」最後，他這樣說。

✧

最初的那地方，有最深的祕密。

21

我很想回車埕看看，也應該去看看外婆，可惜的是我根本沒時間。補習班的工作比想像中繁重，羽華說這叫能者多勞，誰叫日文班的三個工讀生裡，只有我是眞的能用日文對話。所以除了一般的工讀，我還得兼任小老師，幫那些學生做練習。錢是賺得多一點，但相對也累多了。一個禮拜只有一天假日，放假時，不要說車埕了，我連下樓找吃的都很懶，只想狠狠睡上一整天。

星期一是休息日，一直睡到下午五點半，陽光懶散而無力地灑進來。我躺在床上，完全不想下床。很早就醒了，肚子也有點餓，但我只覺得閉上眼睛的每一分每一秒都很舒服，一天不吃不喝也無所謂，從早上到中午，眞的睡不著時，就翻開擱在床邊的書來讀幾頁，看到睡著爲止。下午陸續又醒來幾次，不想讀書了就打開電視。不過我不想看台灣的節目，頻道固定在日本台，反正也聽得懂。就這樣繼續睡睡醒醒，直到傍晚五點半，居然有人敲我房門，我的腳底板才總算落在地面上。

會是誰呢？住在這裡一個月，還是頭一次有人來訪。睡了一天，頭昏腦脹的，茫茫然中，我套上衣服，踩著拖鞋，晃過去打開門鎖，結果差點被嚇了一跳，門才剛開了一條小縫，就聽見羽華大叫一聲，興高采烈地擠進來，手上還拎著大包小包。

「都幾點了妳還在睡！」她把一個大袋子打開，我眼珠子差點沒掉出來，裡面全都是食物，有些是可以現吃的，有些需要烹煮，另外一個大袋子裡頭，居然是一台迷你的瓦斯爐跟一只小鍋子，還有好幾瓶啤酒。

「妳該不會想在這裡開伙吧？」我揉著眼睛，問她。

「難得一天妳假日啊，我就在想，妳一定不會乖乖起來吃飯。」她一邊動手擺東西一邊說：「而且這附近又沒多少好吃的，就算有，到處都是學生，也一定擠滿人，所以乾脆我們來自己煮，多好！」她催促我先去刷牙洗臉，自己開始胸有成竹地佈陣。

她真的會做菜嗎？有點將信將疑，一邊刷牙，我還不時轉頭看看，深怕她一把火把屋子給燒了。

「做菜其實不難，只要有心，人人都可以是食神。」她自言自語。

「食神？」我完全不懂她在說什麼。羽華哈哈一笑，不再多說，卻問我在日本會不會自己下廚。

「妳覺得我媽會看得起我的手藝嗎？」一起在小桌前坐下，我在一旁能做的只有洗盤子、洗菜、整理她拆封後的袋子，或收拾垃圾而已。

「其實我也不是很會做菜，不過有時候外面的東西吃膩了，就會想要自己動手弄一點。」她問我在日本看不看偶像劇，說：「我很嚮往能夠住在電視裡面看到的，東京的那種小套房，過過戲裡那種上班族的生活。」

「爲什麼？」

「很獨立自主呀，過的是自己想過的日子耶，白天精神奕奕、充滿自信地去上班，晚上就自己在家做飯吃。」

是嗎？其實我也不知道，不過我在東京看到的女性上班族，每個都匆匆忙忙，似乎也沒有幾個是很開心的。

「說眞的，看到妳回來，感覺很好。」開了冷氣吃起火鍋，羽華打開啤酒，敬我一口。「這幾年有時我會覺得很孤單難過，因爲再也沒有像小時候那樣的好朋友。那種日子多單純，多美好。」

「現在不好嗎？」

「也不是不好，但是比以前累很多。」她嘆口氣，「至少以前不用想未來的問題，對吧？」

放下筷子，我問她未來有什麼問題。

「該去哪裡，能做什麼，這都是問題啊。我連自己大學會在哪裡念都不知道，甚至能不能考到一個像樣的學校也是未知數。這還不算問題嗎？」

我默然，這問題我也有。回頭，書桌上擺滿講義跟課本，有幾本是我眞的開始翻開來看的？雖然采薇跟羽華都借我不少書，但自己一個人，遇到問題也沒有人可以詢問，而且每天上班的壓力很大，根本沒有心思去鑽研那些課業上的東西。

「所以妳的未來怎麼打算？」我問羽華。

「打算啊……」她喝口啤酒，又想了想，才說：「來台中之前，我有過很多目標跟理想。讀一所教會管理的女校，還要有很棒的社團生活，考試成績絕對要保持在前十名，然後考上很理想的大學，當然是適合淑女的社會組，等到大二之後，再開始談場轟轟烈烈的戀愛……」

「結果呢？」

「如妳所見啊，」她笑了笑，「計畫趕不上變化，變化趕不上某個人的一句話。」

然後我無言了，那個某人是誰，我已經很清楚。羽華嘆口氣，「他剛回到台中時，簡直狼狽到極點，沒有任何一個陣頭要收留他，口袋也沒有半毛錢。逼不得已了，只好打電話給我，問我能不能借他幾百塊。我拿著錢去火車站找他，看到他時差點認不出來。一頭亂髮，臉色蒼白，瘦得跟街邊的流浪狗沒兩樣。」

我在腦海中想像著，那時的劉建一是什麼模樣。耳裡聽到羽華繼續說：「所以我把身上的錢都給他，帶他去吃飯，買幾件像樣的衣服，讓他稍微有一點人的樣子。之後多虧葉老師幫忙，讓他有個地方可以待，也有一點收入。不過妳知道的，劉建一就是那樣子，沒人照顧他的話，他要麼錢被騙光，然後活活餓死，不然就是把自己搞成流浪漢，連他阿嬤看了都認不出他來。」

我笑了出來，問她：「所以你們是這樣在一起的？」

「很好笑吧？當我說，以後讓我來照顧他，問他好不好的時候，妳知道他怎麼回答的嗎？他居然問我，以後可不可以拿衣服來我家洗。」羽華沒好氣地說：「我猜他大概是因爲書念太少，所以連『浪漫』兩個字怎麼寫都不會。」

我一口啤酒險些噴了出來，笑到肚子都痛了。不過一邊大笑的同時，卻也一邊難過著，他曾經經歷過那樣一無所有的貧乏歲月，而我卻不能是那個在他身邊陪伴的人。笑聲中，我不禁感慨：經過這些年，四個人都有了一些變化，從前我們誰會猜想得到？誰知道自己以後會走到哪裡？又會遇到什麼困難，或踩進多深的泥沼中？楊博翰變了，但他有他深藏於心中不能說出口的遺憾，唯一能表達的只有祝福；劉建一也變了，他走了一條艱辛的路，最後變成羽華的男朋友；而現在的羽華，臉上則有著幸福的笑；那我呢？坐在這裡笑著，我很想知道他們眼裡的我是怎樣的，因爲我已經有點看不清自己的模樣了。

「所以呢？他現在的工作到底是什麼？」我努力回復心神。

「一樣啊，練陣頭，有活動就賺一點，沒活動就幫忙做一些廟裡的工作，也有收入。前幾天拿衣服來我家洗，他說最近自己也覺得這樣下去不是辦法，想在當兵之前學個一技之長。但到底要怎麼樣我也不清楚，因爲我曾經對他說過，不會干涉他的工作或其他方面的事。」

「爲什麼？」

「我怕他離開我。」羽華把啤酒一口喝乾，「妳知道嗎？愈到後來，我愈清楚一件事情。」

「什麼事？」

「別去綁住妳的男人，這才是綁住他的最好辦法。尤其當這個男人是劉建一時。他不是那種可以被要求的人，除非他自己願意。而我不要限制他的一切，我只要他在我身邊就好。」羽華說：「我從小到大什麼都有，什麼都不缺，正因爲這樣，我才更害怕失去，怕失去那個我唯一一次靠自己本事去爭取來的男人。」

✧

愛情裡，我們都是害怕失去的人。

22

楊博翰說這件事有蹊蹺，羽華沒有理由莫名其妙跑來告訴我，說她有多愛劉建一，這中間肯定有什麼緣故。

「不可能吧？」我皺眉。

「怎麼會不可能？有些事如果連我都看得出來，難道徐羽華會感覺不到？」

我很好奇，是能感覺什麼，但楊博翰也說不清楚，他只堅持一件事，「總之，妳的戲演得不夠好，就是這樣。」

我問他，如果不見面不講話也不行，那到底我還能怎麼辦。

「交個男朋友給她看看啊。她一定巴不得接到一通電話，聽到妳交男朋友的消息。」

「我要去哪裡交一個……」我沒好氣地，正要把話說完，但看見楊博翰的手已經指向自己的臉，於是我止住了下面的話，瞪了一眼，「餿主意你就省省吧。」

非常難得地遇到連續假期，又剛好有廟會，劉建一通知了楊博翰，楊博翰也轉告我，問我要不要一起去看看。我從沒參加過這種活動，當下立即答應。不過答應後，馬上被我爸唸了一頓，說難得有假期也不回台北看他。

坐在車上，楊博翰問我，到底那天羽華還講了些什麼，我搖頭說沒有，那天吃火鍋，聊的全都是往事，其他眞的沒多說。

「這麼說來，她的目的大概是想暗示妳，叫妳最好早點死心吧。」他自言自語著，「愛情嘛，搞得這麼辛苦幹麼？是妳的就是妳的，該放手時就乖乖放手，這樣做有什麼意義呢？」

「我沒想過要跟她爭。」望著車窗外不斷閃過的黃色燈光，車子在隧道裡前進，我說：「沒有什麼好爭的，如果他們彼此是眞心相愛的話。」

「怕就怕不是眞心相愛啊。」他忽然冷冷地回了這麼一句，但也充滿無奈地笑了一下。

楊博翰一早就來接我，開著他老媽買給他的小轎車，載我往埔里去。今天劉建一他們廟會的陣頭要出陣，昨天半夜就已經跟羽華提早出發了，我和楊博翰現在才啓程。「去看看那小子裝神弄鬼的樣子，包準妳會笑死。」昨晚打來約我時，楊博翰說。

到埔里的時間還早，可是沿途已經可以看見很多進香的車隊。楊博翰說，這個盆地小鎭，四周全都是赫赫有名的靈山寶剎，不過今天我們要去的地方不在山上，是在市區。道路很狹窄，擠得水洩不通。車停得很遠，我們一起慢慢走向城隍廟。路上楊博翰提醒我，「如果可以的話，就當作什麼事都沒有，好嗎？這種關係要維持很難得，也很不容易，不要破壞它。」

「我根本沒有打算要破壞什麼，而且本來就一點事也沒有啊，全都是你在說的。」我瞪他一眼。他伸伸舌頭，沒多辯駁。

找到劉建一他們班子，一群已經換裝的年輕人正在上臉譜，有些人對著鏡子自己畫，有的互相幫忙。角落裡，劉建一換好衣服，畫了青面，然後在幫另一個看來很稚嫩的小夥子上紅色臉譜。

「原來官將首就是八家將啊？」我小聲地問楊博翰。

「當然不是。」他搖頭，「樣子看起來很像，但事實上是有差別的。官將首指的是青面的增將軍跟紅面的損將軍，傳說中他們都是妖魔鬼怪，後來被地藏王菩薩收伏。這種陣頭起初只有兩個人，後來變成三個，再後來變成現在的五個，甚至更多。」

看我點頭，他又接著說：「等一下妳會看到劉建一站在中間，手上拿三叉戟，他跳的是增將軍的位置。」

「那我可以過去跟他講話嗎？」

「當然不行啊，這玩意兒規矩很多，畫了臉譜後，他們名義上就是神職，不再是一般凡夫俗子，所以不可以過去跟他們交談，他們自己也不能隨便開口聊天。」楊博翰告訴我，每次要出陣前，劉建一都會齋戒很多天，非常遵守這方面的規定。

我點點頭，這些民俗技藝的陣頭雖然小時候看過，但從來沒有如此接近。楊博翰跟我解釋了很多，我這才知道，原來他們是神明的護法。神明要起駕前，他們要擔任開路工作，踩著三進三退的步伐，手上拿著武器或刑具，負責驅趕路上的小鬼。如果途中遇到廟宇，也有行禮的規矩跟步驟，種種繁文縟節，非常仔細。

「這些你怎麼都知道？」我有點好奇，問楊博翰。

「妳知道我小時候常常被鬼壓嗎？」

我噗一聲笑出來，點點頭。

「那時候我媽就常帶我到很多廟裡拜拜，算看得多了。後來劉建一自己在跳這個，耳濡目染久了，當然就了解啦。」

看了半天沒見到羽華。後來才看見披頭散髮，一臉狼狽的她手上提了一大袋飲料回來，交給陣頭裡的人，然後快步走向我們。

「什麼時候到的？」她問。

「剛到。我正在給她上入門課程，讓她知道官將首到底是什麼。」楊博翰的手往我這邊一指，然後又問羽華，「妳看起來很忙啊，怎麼回事？」

「還能有怎麼回事？」羽華無奈地說：「那個笨蛋，一早起來我才知道他什麼東西都還沒張羅好，所以我只好兼著打雜。」

羽華向我解釋，因為劉建一已經算是老鳥了，有很多雜事自然都落在他頭上，他得負責整理跟準備。不過當然這些瑣碎的雜務他是無法勝任的，結果就是羽華要犧牲睡眠幫他。

聊著聊著，鑼鼓嗩吶跟鞭炮的聲音已經喧囂響起，很多寺廟都有類似的陣仗，大老遠就聽見聲響，眼前過來的是一隊隊我陌生的表演陣頭，吸引了許多圍觀人潮。我們走到路邊，看著那些隊伍，看了許久，當我開始有點受不了炎熱的氣溫與擁擠人群的汗臭味時，楊博翰拍拍我的肩膀，要我往他手指的方向看過去。

那邊過來一組都穿紅色系衣服的五人隊伍，各自踩著不同腳步，面對不同方位。每個人臉上都有看起來類似，但又略略不同的妝容。我認得四個方位的那些人手中的東西，有手銬、火籤、虎牌之類的刑具，用來捉拿在路上不肯讓開的小鬼，至於正中間那一個，臉上擦了青色的粉妝，花花綠綠的，使我看不出他的表情，但那雙眼睛卻再清楚不過，他幾乎沒有跟路邊任何人對焦，手中的三叉戟配合腳步踩踏，揮舞得很好看。

我從沒見過這樣的他。從那年他去當神明的小孩開始，到後來那一天，他說他也很想像我一樣，逃得遠遠地，逃出那個每個人都拿他當怪物看的小村子，去尋找一片自己的天空。這中間經過多少我沒看見的轉折跟困頓？直到現在，旁邊有四個夥伴一起陪他威風凜凜地走在一起。其實當年並沒有人拿他當怪物，他就是劉建一而已。而今天如此諷刺地，是他終於找到自己了，只不過，他降妖除魔時，卻不是以一個「人」的姿態。

我有種很感動的心情，趕緊壓抑住流下眼淚的衝動，我的目光直盯著他，看著這隊伍慢慢經過我們面前。

「畫了妝，換了衣服，拿了武器，他是妖魔鬼怪都害怕的天兵天將，但是脫卻了一身神靈賜予的武裝後，他卻是個不知道自己應該何去何從，連自己究竟愛的是誰都搞不清楚的平凡人哪。」突然，我聽見楊博翰輕聲的嘆息。

✧

總有些事情，是連神明都搞不定的，比如愛情。

23

看完了廟會活動，我們又走回來。那邊劉建一的工作雖然完成，也洗淨了臉上的妝，但一時還抽不開身，當然羽華也得東奔西走地幫忙。我們打過招呼後，先行告別離開。埔里街上到處都是人，車子塞到連接省道的橋頭，楊博翰跟我說，往右是我們先前來的路，可以直接回台中，往左會到日月潭，中途還有條小路可以通往車埕，問我想不想去日月潭走走。

「都好，長這麼大還沒去過日月潭，如果方便的話，去看看也好。不過看完之後，可不可以再順便載我去車埕？」心念一動，我問他。

「妳想去看那個車站，對吧？」他看我一眼，而我點頭。

所以其實我沒有心思翫賞日月潭的風光。湖光山色自有其優雅之處，但站在碼頭邊發著呆，其實心根本不在這裡。離開時剛過午後不久，楊博翰的車速飛快，他在一個小路口轉彎，捨棄了三線寬的省道，帶我轉入另外一條小路。那條路起先我很陌生，四周都是山跟農田，只偶爾會經過一些人家。不過我一點也不擔心，因爲開車的是楊博翰，他除了耍嘴皮子，說實在的也不敢對我亂來。經過大觀發電廠，我就知道他沒有走錯路，因為這裡已經是我熟悉的地方。打開車窗，我甚至呼吸到了從前的氣味。那是車埕小村特有的，屬於農家的氣息。車子從山頂邊開下來，我要他在三元宮前停車。

「在這裡停？」

點頭，我說從這裡開始，我想用走的，而且他可以先回去沒關係，我自己搭火車就好。

「雖然我早就猜得到妳會這樣子，也已經做好心理準備，要自己一個人開車回台中，但是我還是忍不住要提醒妳一下，妳跟徐羽華愈來愈像了，專門幹這種過河拆橋的事。」他瞪我。

「誰叫我們是一起長大的好姊妹。」我揚起下巴，看著一臉埋怨的他。

「對對對，眞夠像的，」他也不遑多讓，給我必殺的一擊，「妳們對我都很殘忍，然後還愛上同一個男人。」

眞是敗給他了。楊博翰叫我自己小心點，說如果太晚了沒車回去，乾脆去他老家睡也可以。他媽媽自從寶貝兒子考取醫學院後，就又回到小村子來，繼續管理雜貨店。

「你不回家跟你媽打招呼嗎？」

「免了吧！她要是知道我大老遠回來只是路過，肯定又要罵我敗家子。」說著，他關上車門，叫我回家小心，然後很瀟灑地踩動油門，揚長而去。

夏天，太陽落山晚，時間也還早，雖然遊客已經散去不少，但從三元宮看下去，還是有不少人逗留。老實說，從小到大我都不懂到底這些人跑來這裡幹麼。鄉下人家的生活不就是這樣子？究竟有什麼好看的？

沒急著下坡，我先踏上三元宮的階梯，走到二樓的正殿前，端詳著被圍欄圍住，不能輕易靠近的三官大帝神像，舉手合十而拜。神像依舊肅穆，這裡跟當年也沒太大改變，階梯前照樣有酣睡的野狗，我必須小心翼翼地讓開。

不知道三官大帝最近好不好？站在圍欄前，我的祝禱不像祝禱，反而像是久未謀面的老朋友在寒暄。我請祂幫忙照看這村子，希望有更多遊客來的同時，可以改善大家的生活環境，但拜託別再改變這裡的樣貌。然後我想拜託祂幫我一個忙，不過這願望在心裡始終無法凝聚成型，以致於合十站了半天，我卻許不了願望。

從山坡往下走，經過舊家的巷子，我不敢踏進去，只在巷口張望。這裡曾經陪伴我十多年，每個角落都有我童年時的印象，不過這並非我回來的目的。將童年往事暫時放下，我繼續往下走，經過楊博翰他家的雜貨店，楊媽媽正在招呼客人。我沒打招呼，快步走過，往車站的方向過去。

那年在這車站邊，我留下最後一個記號，將當時初萌乍開的情愫，用筆尖牢牢刻下，但同時也堅固封鎖，直到今天，我才終於再回到這兒。只是能否重新將它開啓？我不知道，也有點害怕知道。

木椅上坐著等車的遊客。我沒有馬上過去，先在旁邊走了幾圈，到處看了看，直到電車抵達，大家紛紛上車後，我才走到椅子邊坐下。牆上的字跡已經斑駁，但還依稀可辨，劉建一刻字刻到我出國後的第二年爲止，寫著「二年五班劉建一」，之後就沒了。那是他輟學前最後一次在這裡留字吧？看著那些新舊參雜的筆畫，旁邊還多了很多遊客的簽名塗鴉，我看得出神。

有些人在牆上畫圖，或者寫下自己跟心儀對象的名字，密密麻麻，到處都是，這些塗鴉把劉建一的文字掩蓋掉了許多，以致於我竟無法在牆上完整看到他每一年的刻字。不過找著找著，我倒是發現自己臨走前寫的那幾句話：「要記得我，要等我，我是一年六班的采芹。」臉上一紅，感到非常不好意思，怎麼當年會有膽子寫這種話呢？

那時候是抱著怎樣的心情來刻字的？我沒有細細深究當年的每一個片段，倒是爲了自己曾有過如此青澀的少女情愫而羞赧不已。假如換成是今天，我很懷疑自己有沒有那股勇氣跟傻勁，敢再刻一次這樣的字。

我蹲下來一點，想看清楚自己的字跡，不過在我剛坐上椅子的同時，卻赫然發現，我那句留言下面，還有由舊到新的幾行蠅頭小字。

「第一年，妳沒回來。但我記得妳。」其中幾個字已經模糊，我看了好久才辨認出來。

「第二年，我走了，跟妳一樣。」字很潦草，也很難辨認。

「第三年，芹菜花開了沒？我等了好久。」

「第四年，後悔，沒有留住妳。」

「第五年，」然後空白。第五年居然沒有字？我愣了一下，第五年是今年，我已經回來了。劉建一是什麼時候來這裡刻字的？羽華應該不知道吧？盯著字跡看，愈發覺得有異，前面四年的字跡都有點傷損，但「第五年」這三個字未免新得出奇，簡直像是剛刻上去的。

看了很久，當我意識到時間不早時，心裡有點擔憂，深怕自己錯過最後一班回台中的電車。回頭，還有一些遊客在附近流連，我走進車站裡，想看看裡面的時刻表，不曉得這些年來，班車時間是否有變動。才一走進去，忽然全身一震，眼睛瞪得老大，半晌不能回神。

候車室裡有遊客，他們有些在聊天，有些在發呆。一旁的售票口掛了個牌子，告示群眾說本站已經不賣票，請大家上車後再購票。那個售票口裡有幾個人坐在一起聊天，我認得兩個，其一是車站的老職員，他已經五十多歲，以前上學時每天都會笑著跟我們打招呼，而另一個……

✧

你要讓我懂，第五年你在想什麼。
是否像我想你一樣想我。

24

「我可以問一下你剛剛在裡面幹什麼嗎?」搭上電車後，我問劉建一。

「在被罵。」他皺眉。

「被罵?」我很訝異，剛剛他們明明就有說有笑的。

「李伯伯說這麼多年來，他終於找到凶手了，就是我。」他臉上的表情很懊惱，在我看來卻很好笑。「因爲有人在牆壁上面刻字，一刻就刻了很多年。」

「所以你剛剛是在刻字?」

「剛好刻到重點，結果就被他發現了。」

雖然不雅，我還是忍不住在車上大笑出來，這麼多年，他也有栽了的一天。

「不過其實也還好，我認識他很久了。」劉建一告訴我，那位李伯伯也是三元宮的理幹事，所以他們老早以前就見過了，只是李伯伯一直不知道他的名字。

我點點頭，想告訴他我已經看到他這幾年來刻的字。更想問問看，到底第五年，這關鍵的最後一句他想說什麼。不過當然我沒這勇氣，而且我也答應過楊博翰，不要破壞現在的平衡關係。但我能夠視而不見嗎?在搖晃的電車上，我不斷問我自己。如果從來不曾回來，那麼或許還可以假裝一切沒有發生，但我人已經在這裡，我已經看到了。

「你今天不是應該很忙嗎？爲什麼會跑回來這裡刻字？」我忽然覺得有點不對勁。

「忙完了啊。」他聳肩，對我說：「都快累死了，羽華還跟一群那邊的女生約了要去唱歌，我沒興趣，也沒那力氣，所以叫人載我去搭客運，回來看看也好。」

我點點頭附和。從車埕離開的班次現在變多了，大概是拜觀光發達所賜。劉建一忽然問我，知不知道這個小村子的歷史。

「我怎麼可能會知道。」

「這地方從日據時代就開始發展了喔。」他說：「日本人要蓋發電廠，所以才興建鐵路，把建材運過來。車埕那時候非常熱鬧，由於這裡是終點站，有很多列車停在這裡，所以才命名爲『車埕』的。」

我不知道爲什麼要在此時此地開始上歷史課，不過他倒是說得很認眞，「發電廠蓋好後，這裡跟著就沒落了。過了不久，台灣光復，這裡因爲木材產業，所以又發達起來，也興盛了好幾年。後來台灣的政策改變，伐木變成夕陽工業，車埕才又凋零。直到這幾年，靠著觀光，它被包含在日月潭風景區裡面，也可以跟水里、集集這些地方結合，所以人又變多了。」

「你怎麼知道這些的？」我很好奇，國二就輟學的他，是如何知道這些連羽華或楊博翰都不見得了解的歷史背景。

「如果妳愛一個地方，就會想多了解它。」

「那如果你愛的是一個人呢？你也會花很多時間去了解嗎？」我完全憑直覺，非常順口就接著問，但劉建一忽然臉上一紅，低下了頭沒有回答，過一下子他才說：「人跟土地不同。」

「哪裡不同？都是可以被了解的，不是嗎？」

「不知道。」我知道這不是他想說的。

維持了一段時間的沉默，車到台中後，天色已經完全暗了。走出日光燈明晃耀眼的車站，外頭氣氛為之不變，都是橙黃色的造型燈光。劉建一問我是否急著回去，我搖頭，結果他帶我到對面的三商巧福去吃了晚餐。

「這是我這輩子第一次踏進來這裡吃飯。」挾起牛肉麵時，我跟劉建一說。

「這是我第二次。頭一次來已經是三年前。」他看著碗裡的飯，「那次來的時候，我身上一毛錢都沒有，是羽華帶我來的。」

「她對你很好。」

「嗯，」他點頭，「活到現在，除了她之外，我沒有欠過誰什麼。但唯一一個欠的，卻是一輩子也還不起的。」

「恩情跟愛情不同吧？」我說：「愛情裡面沒有誰欠誰的問題，做什麼都是心甘情願的才對。我相信羽華不會在乎她爲你付出過多少，她只會在乎你愛不愛她。」

他又點點頭，然後沒再說話，只是埋頭吃飯。

我又說錯了什麼嗎？每當劉建一無法回答我的話時，他總是一陣沉默。吃飽飯，還沒有想回家的念頭。我知道這樣不太好，畢竟他是羽華的男朋友了，但我忍不住，那麼微薄地，希望多留下幾分鐘也好。只是這幾分鐘過後，又是一次幾分鐘，然後又幾分鐘，就這樣，我們兩個人在車站對面的馬路邊，靠在地下道的護欄旁，坐了快半小時。

「你不累嗎？」

「還好，反正回去也沒事。」說著，他問我對未來的打算。

「先考個大學吧。雖然還不知道自己可以走什麼路，反正還早，慢慢打算就好。」然後換我問劉建一對於未來的打算，他說目前暫時沒有，但可能的話，希望可以離開官將首的圈圈，想去學美髮業。

「美髮？」看看他一頭實在不怎麼樣的亂髮，我有點懷疑。

「我知道妳要講什麼，但是那個可以學啊。我問過了，先從學徒做起，就是所謂的助理，先學洗頭，還有打雜，雖然錢很少，但是認眞學的話，大概兩年，就可以當準師了。」

「準師？」

「就是比設計師還低一階的。再練練剪頭髮，快的話再一年就能當設計師。」

似乎是個不錯的方向。劉建一說：「我沒有好的學歷，也找不到很好的工作，當助理雖然會很累，可是再累也比不上當工人累，對吧？以前在台北，我當過大卡車跟大貨車的隨車小弟，也當過一陣子捆工，那眞的會累死。」

我沉吟著，想了想，又問他：「再之後呢？剪頭髮剪一輩子嗎？」他又沒回答了。

我們的話題總是斷斷續續，沒一個是有結論的，而每一回都以他的沉默告終。到了晚上將近十點，已經是我的睡眠時間，明天還要上班。我跟劉建一說是該回家的時間，他點點頭，一起站起身，走回火車站外面去等公車。我們住的地方雖然相隔不遠，然而搭乘的卻是不同路線的公車。

「我覺得妳變了很多。」過馬路時，他忽然說：「妳比以前還會想，而且想得深。」

「有嗎？」我自己並不覺得。

「有。因爲不管聊什麼，都讓我不曉得應該怎麼回答才好。」他說得很認眞。

我笑了一下，走過馬路，知道自己沒有他想像中的聰明跟遠見。我只是如他所說，因爲在乎跟關心，所以想了解得更多再更多而已。

「不過我也有一個問題想問妳，」支吾半晌，他才勉強問出口：「那四個字，妳爲什麼還留著？」

好問題，眞是一針見血。這下換我答不出來，而且想了又想，我也找不到一個合理的答案，最後只能微笑帶過。見我不答，他也不再多問。結果是劉建一要搭乘的統聯公車先到，原本他要等我先上車的，不過我搖頭了。

「那妳路上小心。」很簡單地告別後，我看著他上車。

等公車開走，我站在原地，已經完全無法支撐自己僞裝出來的鎭定。不該這樣做的吧？我用非常猶豫的心情，和極度顫抖的手指，傳了一封簡訊，在確定他搭乘的公車已經開動，行駛了一段距離後，這才充滿複雜心緒地按下了傳送鍵。

「我很想再問你一個問題：第五年，後面你想寫什麼。告訴我，我就告訴你，爲什麼我這輩子都不會丟掉『晴耕雨讀』的理由。」

✧

關於未來，其實，我只求無怨無悔地愛這一次。

25

「出事了，對不對？」楊博翰用非常受不了的表情對我說：「從在羽華家外面看到妳的那天起，我就覺得這是遲早的事。不過問題發生得比我想像中的晚一點，妳還算是有良心了。」

晚上十點半才下班，黎主任說樓下有人等我，沒想到居然是楊博翰。載我到他經常去的小酒館，點了兩杯調酒。楊博翰說：「那天晚上我打電話給劉建一，本來想找他出來喝酒，但是這小子吞吞吐吐地，後來才告訴我，說他跑回車埕去，還遇見妳了。」

「羽華知道嗎？」我比較在乎的是羽華的反應。

「當然不知道。劉建一是在我逼問下才招供的，他怎麼可能把這件事告訴羽華。」

「可是……」

「可是什麼？可是了又怎樣？」他聳肩，「難道羽華知道了，妳就會乖乖放棄？乖乖把劉建一交出來，還給徐羽華？」

「我沒有要搶，好嗎？」我有點生氣了，楊博翰根本不讓我把話說完。

我當然知道這件事錯在我，說好了要把它藏在心裡，絕不洩露出來的，但下定決心才沒幾個月，我終究還是傳了那通簡訊。那天晚上我到底在想什麼呢？怎麼會這麼蠢？一封簡訊會影響多少人的平靜生活？我當下根本沒有仔細想清楚。

「妳不用搶，妳只需要勾勾手指頭，那小子就自己過來了。」嘆口氣，他說：「劉建一嘛，他的腦袋能讓他做什麼反應，這個我搞不好比他自己還清楚。」

我無言以對，只好乖乖喝著飲料，靜候楊博翰的發落。

「幹麼不說話？」喝完調酒，他跟服務生要了一大杯生啤酒。

「我在等你說啊。」我一臉無辜的表情。

「我叫妳回日本，難道妳會乖乖回去嗎？不會吧？既然這樣，那我還能說什麼呢？」他又嘆了口氣，點了香菸，「其實我也不知道還能說什麼，現在四個人的關係變得很複雜，簡直是各懷鬼胎。」他忽然笑起來，問我，「妳記得當年從車埕國小畢業時，我們班有幾個人嗎？」

「好像沒幾個。二十個左右吧？」

「正確數字是二十二。」他說：「不知道剩下十八個人現在在幹麼，是不是也像我們四個一樣攪和個沒完。」

我忍不住也笑了一下。那當年哪！好久以前的事了。不曉得現在大家好不好，也不知道其他人是否跟我們這幾個一樣糾葛複雜。

「人跟人的情感與關係是沒有絕對的，這個我知道，老實說也怪不得妳。」他放軟了說話的口氣，「我們都沒想過妳還會回台灣，連羽華都覺得妳可能不回來了，她說妳在日本過得還不錯，也有個喜歡妳的男生。」

我想起李靖康，於是點點頭，不過立刻又搖頭，「但我沒說我不回來啊，我在信裡寫過不只一次，說我會回來的。」

「誰知道會是什麼時候？誰知道是不是說要回來，就眞的回得來？而且我說的是我們的感覺嘛。或許建一跟羽華也是這樣想的，只不過後來事實證明我們都想錯了。就算妳一再強調了妳會回來，但那又怎麼樣？我們在台灣的這些人還是要活下去，還是需要談戀愛的，對吧？」

除了無奈跟憂慮，楊博翰並沒有太責怪我，他只是充滿擔憂。起初他還天天打電話給我，關心後來的發展，但事實上根本沒有什麼發展的空間，我每天早上十一點起床，看點書後就準備出門吃午餐。從下午一點上班，直到晚上十點才能休息，連續兩個星期的假日，采薇都打電話來叫我回台北，所以根本沒有發生任何事情的機會。

「妳那邊工作很累嗎？臉色看起來非常差。」我和爸爸一起吃飯，也把之前跟他借的錢還他。吃過飯，我請采薇陪著一起出去逛街。聽我說要買幾件上班的衣服，她居然帶我來五分埔。

「我以爲妳會帶我去西門町的。」

「西門町的衣服不是給老女人穿的。」她說：「妳看妳那個氣色，活像被老闆折磨得半死的可憐上班族。」

這是什麼話？我今年才十九歲耶！站在鏡子前試衣時，端詳了自己好一會兒，眞的愈看愈不像自己的臉。楊博翰說過，說我變了很多；劉建一也說過，說我變了很多。但我眞的改變了什麼嗎？左看右看都看不出來。或許有吧，只是變了什麼，沒有人說得上來。而我自己清楚，倘若眞有些許跟以前不同的地方，那也都是因爲劉建一。他讓我變得勇敢，也讓我變得儒弱。

那年，劉建一問我，什麼時候要當自己的主角。於是之後的日子裡，每當我在日本，覺得陌生的世界讓我沮喪跟恐懼，而想要封閉自己時，那些人們告訴我的、勸勉我的，總讓我隱約中，間接想起劉建一說過的話。所以我會鼓勵自己，要自己更勇敢一點，去面對每一個挑戰。

只是那又如何呢？再看看鏡子裡的這張臉，我問自己：那又如何呢？已經過去了五年，就算我眞的跟以前不同那又怎樣？看著自己的眼睛，我看到了無比的懊喪，原來無論我改變得再多，也改變不了現在所遭遇到的現實。後來我被采薇的叫喚聲給拉回來，她在外面已經等得不耐煩。逛了一下午，我買了幾套衣服，也幫釆薇結過幾次帳。以前我們連個頭飾都買不起，現在我只想要加倍補償她。

從五分埔離開，我心裡還拋不下那些天馬行空的思緒，連一頓貴得要命的日本料理都吃得心不在焉。

「妳又在思春了對不對？」突然，釆薇說了一個和當年一樣的關鍵字。

「思個屁！」我啐她，不過也不免心虛了一下。

釆薇哈哈一笑，問我在日本有沒有交男朋友，還說她其實非常羨慕我，有時候跟同學說起有個在日本念書的姊姊，大家也會投以欣羨的眼光。

「日本再好也不會比台灣好，能羨慕什麼？」我說。

「台灣哪裡好？」她若有深意地喝了一口溫熱的日本清酒，「我看對妳來說，大概只有劉建一好。」

「什麼！」嚇了一大跳，手裡的筷子應聲落下，我腦子裡天旋地轉，整個人傻住。

「不要告訴我，車埕村那麼小的地方，會有另外一個叫做釆芹的人喔。」她瞄了我一眼，「妳以爲車站外面那幾個字別人都看不見嗎？」

於是我把所有的故事都說了，這是頭一次，我放下身爲姊姊的身段，把心裡的感覺如此坦白地說出來。當我說到那通訊息的事情後，忽然坦蕩蕩而無比輕鬆，沒想到所謂的放下心上一塊大石頭，就是這種感覺。

「老實說，我只是在車站上完廁所，出來外面等車時，不小心看到的。」聽完我的故事，采薇說：「本來我也想在上面寫字的，可是上面寫了一堆劉建一的名字。很難想像他是那種會在牆壁上亂刻字的人。」

「人不可貌相嘛。」我也這樣覺得。誰能想像，這個國小時因爲書法跟國語文比賽而聞名的風雲人物，居然是個會在車站牆上亂塗鴉的人。

「不過更難想像的，是妳會對他有意思。」采薇又瞄我一眼。

「有意思又怎樣？現在說什麼都太遲了。」嘆氣，我說。

「妳會不會覺得那都是命？如果當初去日本的是我，留在台灣的換成妳，說不定事情就不一樣了。」

「現在說這個還有什麼用呢？」

「沒用嗎？愛情是自私的，妳不做，怎麼知道沒有用？」

我搖搖頭，除了愧疚，我覺得現在我什麼也做不了，甚至連台中都不想回去了。把小壺裡的清酒一飲而盡，我覺得口感奇佳，揮揮手，請服務生過來，我又向他要了一壺。

「請問一下，你們這是什麼酒？」采薇問他。

那個服務生告訴我們，是一種用芋頭釀成的清酒，算是非常特別的種類。等一下他可以拿瓶子來給我們看看。

看著服務生的背影，采薇問我覺不覺得他很有木村拓哉的性格外貌。我呆了一下，正在腦海裡仔細思索，到底木村拓哉長什麼樣子時，那男生又回來了，他手上有個酒瓶。把瓶子放到桌上，開始介紹這瓶酒的特色，不過我卻根本沒在聽，因為看到瓶上的標籤，我已經完全失了神。

「晴耕雨讀」，淺褐色酒瓶上，有這四個字的標籤。確實，劉建一寫的比較好看。

✧

當你只想著一個人時，這世上的什麼就都跟他有關。

26

還沒從那四個字裡回過神來，我就接到一通很要命的電話，是楊博翰打的，叫我最好快點回台中，不管多晚，他都會醒著等我。

我心神不寧，懷著不安，在采薇的抱怨中上了客運，急忙忙趕回台中。本來她還打算帶我到東區去晃一晃，但現在所有計畫都泡湯了。再三道歉，我答應下次好好補償她。買了票，上了車，我先撥一通電話給楊博翰。

「快回來，帶我去看醫生。」他電話裡是這樣說的：「我現在滿頭都是血。」

楊博翰滿頭都是血？我很難想像那樣的畫面，到底發生了什麼事？我問他要不要先找劉建一比較快，等我回到台中，他可能已經死於失血過多。

「找他？找他幹什麼？」他頓了一下，接著說：「那小子人在我旁邊，正在抽菸，而且現在馬上就要回去了。我告訴妳，這一頭的血，就是他幹的好事。」

兩個從小一起玩到大的死黨居然會打起來？我聽得匪夷所思，不過在釐清緣由之前，我問了一個讓楊博翰大叫的問題。「他呢？他有沒有受傷？需不需要去醫院？」

「我都快死了妳還在管他要不要去醫院？」他叫著：「他媽的他連皮都沒掉啦！」

沒說事發原因，但我隱約可以猜想得到。上車前我還問釆薇，搭什麼車最快，她說統聯客運。不過我看也沒快到哪裡去。焦急著到台中，換搭計程車飆到民俗公園，楊博翰就住這附近。

「怎麼會搞成這樣？」剛到民俗公園外面，就看見楊博翰摀頭坐在路邊。看來血已經止住了，只是也染紅了手裡的整條毛巾。我幫他拿開毛巾，撩開一頭長髮，略看一下，傷口不深，但裂開的縫可不小。

「酒瓶砸頭，跟拍電影一樣耶。」他似乎也沒那麼痛了，還可以自我解嘲。

「劉建一拿酒瓶砸你頭？」我懷疑自己有沒有聽錯。

「是啊。」他點了一根菸，很瀟灑地靠著牆，「今天晚上那小子不曉得在哪裡喝醉了，還帶著酒來找我。喝著喝著，忽然自暴自棄起來，說自己是個沒用的東西。」

「沒用的東西？」

「是很沒用啊。我問他喝了多少，他說喝掉兩瓶啤酒。兩瓶哪！兩瓶啤酒就醉了，果然沒用透頂。」他笑著說。

「少跟我東拉西扯的，到底是怎麼回事？」瞪著他，我問。

「他說大家都在進步，我半年前就考上醫學院，羽華一定也會有不錯的大學可以念，未來應該會到台北去。而妳也不差，妳會日文，又在補習班工作，以後可能還會回日本。只剩下他一個人在這裡，不知道自己能幹什麼。我就問他呀，問他自己有沒有什麼期許，他說他想去學美髮，這個妳知道吧？做頭髮的。」

看我點頭，楊博翰又說：「我說這樣也不錯，但他一口又一口地灌酒，一邊喝一邊說，說什麼他現在連筆都拿不好，字也寫得亂七八糟，以後怎麼拿剪刀剪人家頭髮。」

「說重點好不好？」我指指他的頭。

「重點來了，重點就是我跟他把酒喝完了還不盡興，一起跑下樓來，到便利商店買酒，還順便買了幾支自來水毛筆，我想看看他現在的字到底有多醜。結果妳知道他寫什麼嗎？」

「晴耕雨讀。」我毫不思索地脫口而出。

他抬頭，怔怔地看著我，看了半晌，嘆口氣，「這就是我們打起來的原因。」

還好醫院就在附近，醫生把他傷口裡的碎玻璃挑出來，然後縫了五針。走出急診室，我們坐在外頭的椅子上，街上還有來往的車輛，霓虹依舊閃爍。楊博翰就從那四個字開始，繼續跟我說故事：「我就問他，看到別人都在進步，那麼他有什麼想法。妳知道他怎麼回答我嗎？那個渾球非常老實地說，說他現在一點打算都沒有，因爲他滿腦子都在想，到底愛情跟恩情有什麼差別。」

「愛情跟恩情？」我一愣，但隨即皺眉，這五個字似乎是我無意間先對劉建一說出口的，看來在他心裡引起了很大的波濤。

「他說，這些年來，羽華對他有莫大的恩情，一輩子都還不了。那小子完全不管我已經綠掉的臉，還跟我說他覺得自己這幾年來，腦袋從沒這麼清醒過。」楊博翰恨恨地說：「我看他腦袋最不清醒的，大概就是現在。」

我忍著笑，雖然事情的發展讓我非常關注，但從楊博翰口中描述出來，就是讓人覺得好笑。

「所以我替羽華揍了他兩拳，這個連恩情跟愛情都搞不清楚的渾球，讓一個那麼好的女孩子，爲他浪費了三年光陰。」

「他沒事吧？」我急忙問。

楊博翰瞪了我一眼，「他會有什麼事？打兩拳死不了的！」

「嗯。」點點頭，有點不好意思，我只好閉嘴聽他繼續說。

「兩拳打完，我還要繼續扁，他居然跟我說，這輩子不管在哪裡，不管跟誰打架，從來他都只讓人三拳。妳聽聽看這是什麼屁話？我馬上在他臉上又捶了一拳，打得他流鼻血。」

「流鼻血？」我終於還是叫出聲。

「這一拳是重了點啦，但是第四下我打得很輕啊，只輕輕踹一腳而已。結果就是妳看到的這樣，這渾球居然馬上站起來，完全不顧我們十幾年老交情，手裡的酒瓶就往我頭上砸。」

至此，我已經完全無言，這種打架的理由還是第一次聽到，而箇中緣故，又讓我說什麼都不對。

「所以，」他攤手，「或許表面上看不出來，但妳確實已經讓他完全亂了腳步，就跟當年一樣。」

「當年？」

「那年妳離開時，一個字也沒告訴他，老實說，他還沮喪了一陣子。」楊博翰忽然笑起來，「妳知道的，劉建一嘛，臉上永遠沒有什麼表情變化，嘴裡也逞強得要死，但誰都看得出來他很失望。」

我低著頭，無法回答，只能默默回想當年。那時候，我並沒有明白地感覺到什麼，甚至還覺得只是自己在對劉建一一廂情願。他亂了什麼腳步？我一點都不懂。

「妳知道他看到牆上那幾個字的時候，高興成什麼樣子嗎？可是他一邊高興，又一邊難過，因爲妳已經去了日本，再想跟妳說什麼都太遲了。老實說，我很少看到他那種表情。這個人很直線條，認識那麼多年，他很少會有那種複雜心境的。」他說：「而更後來的事妳都知道了，情況愈來愈糟，他根本沒臉跟妳聯絡，連信都不敢寫。就那樣三分不像人，七分倒像鬼地活著，直到他被警察逮了，弄到保護管束，讓葉老師帶回台中，然後遇到羽華爲止。」

「但是羽華對他很好。」

「如果心裡沒有眞正的愛，羽華對他再好也沒有用。無論付出多少，全都只是恩情。如果妳沒回來，或許他會把這份恩情當作愛情，用自己一輩子的時間來回報羽華。」

接下來的話不用再說，我也已經明白。所以我問楊博翰，現在怎麼辦。

「誰知道？」他又抽完了一根香菸，嘆氣，「等天塌下來好了，反正遲早都會塌的。」

我拖著有點疲憊的腳步，慢慢地走路回家。不想搭車，因爲需要一點安靜的時間，讓自己好好沉澱一下，也試著在腦海中，拼湊出一個看似熟悉，又很陌生的形象。那形象中的男孩，非常沉默，非常內向，永遠不讓人眞的明白他在想什麼。他的壓力很大，他的遭遇很艱辛，以致於他從來不敢向這世界多要一點什麼。但他也有情感，也有渴望，只是造化弄人，弄得有點過了頭……

我絲毫不覺得腳痠。今天穿了有跟的鞋子，一直走到住處附近的巷口，都還覺得這趟路太短，不夠讓我想清楚。站在樓下，忽然沒有上樓的心情，我甚至有點害怕，萬一一個人在房間裡獨處，看著空盪盪的屋子，會忍不住就想他想一整晚。矛盾哪！從沒這樣強烈地思念，又害怕思念將我吞噬。

於是我卻步了，掉頭，轉身，我拎著小包包，走往巷子尾端。那兒有家便利商店，或許我也應該去買瓶酒，把自己灌醉，好狠狠地睡一覺。但願明天中午醒來時，會發現一切不過是場夢，而我人還在日本，還要去練習啦啦隊。

巷子不長，街燈昏暗，走不了幾步，我看見轉角那家便利商店紅白兩色鮮豔顯眼的招牌。喝什麼酒好呢？我正盤算著，走過街角，一轉身，心裡所有想過的酒的種類頓時全都被拋到九霄雲外。劉建一蹲在便利商店外的階梯邊，手上連條毛巾都沒有，無法擦去鼻子跟嘴邊已經乾掉的血漬。看到我忽然出現，已經酒醒的他，狼狽地丟了手上的菸，像條受到驚嚇的流浪狗，半句話也說不出來。

✧

若這是五年前，我會像她一樣瘋狂地愛上你。

第五章

崩毀的城樓邊還飄來八月晚花香，漫著當年走過時依稀存在的思念。
那時的我們如此膽怯，然而純真。
那天，你緊緊擁抱著我，而我吻你。
倘若那是需得割捨一切才能換來的吻，我願意。

一個小時的時差之外，有好遠好遠的思念；
用好遠好遠的思念灌溉出來，
是我只爲你呈現的，很卑微卻完全盛開時的，花的姿態。

27

媽媽一直問我，為什麼不太跟人說話，老把自己關在房間裡，再不然就是一天到晚往外跑。「搞什麼，回台灣一趟才多久，就把自己搞得不成人形了。」我沒理會她的嘮叨，逕自走上樓梯，回到房間，丟下包包，往床上一躺，什麼也不做，只想睡著就好。

下午四點半，外頭天氣很好，也聽得到樓下還傳來人聲，有陽光從窗口照耀進來。我閉著眼睛，但卻完全無法入睡。這是回日本後的第五天。

第五天了，我無所是事地逛來逛去，像是想把前五年封閉的自我一次釋放出來似的，我每天都往外跑，有時甚至趕最後一班地鐵回來。去了新宿御苑，在不是盛開季節的櫻花樹下發呆大半天；去自由之丘，在充滿歐式風格的建築與巷道間穿梭來去；去了歌舞伎町，在燈紅酒綠的霓虹錦繡中感受自己的茫然；甚至去了就在我家附近的淺草寺，站在「雷門」大燈籠下，跟一群觀光客混在一起，還被兜攬載觀光客的人力車小販搭訕。

到底我在做什麼呢？每天投零錢進售票機裡，隨便買一張往哪裡的車票，然後像傻瓜一樣到處來去。剛回來那幾天，我一直很想逃，逃得遠遠的，逃出那個原本以為會是久逢故人、舊夢重溫般美好，卻意外地陷入風雲四起、豬羊變色的窘境。可是當我花光了身上所有的零用錢，在地鐵路線圖上，再也找不到任何一處沒去過的風景名勝時，這才發現：原來我根本沒有逃出來過，眞正的囚籠是無形的，它困住的不是我的人，而是心。

於是我起身，坐回書桌前。當這世界注定了我們誰都無處可逃時，或許硬著頭皮去面對，會是最好的辦法？看著又掛回窗口，那一張紙卡上的四個字，我望得出神。

第一次，我被親人之外的人如此用力擁抱著、吻著。在那個不過幾坪大的房間裡，劉建一的身體很溫暖，他鼻子裡呼出來的氣息噴到我臉上，我即使用力喘氣也無法恢復鎮定。

屋裡燈沒開，在窗外透進來的路燈微光中，我們緊緊擁抱。本來有很多話想對他說的，我想告訴他，這些年來我始終都惦記著台灣，惦記著台灣的這些人，更惦記著台灣的這些人當中，我曾偷偷喜歡了好多年的他。在那個人數極少的班級裡，我是保健室那位護士阿姨欽點給他的新娘子；國一上學期那個雨後的午休時間，他翻牆前的匆匆一瞥；三元宮二樓欄杆邊，他對我比過一次中指，而後楊博翰拉著他來壯膽，接著我們一起去水里逛街，而再後來我們在車埕車站旁閒聊；然後，是我離開前寫下了一句話要留給他……我想說的東西太多了，最後卻什麼也說不出來，所有的祕密都已經在一張保存多年的「晴耕雨讀」裡昭然若揭。於是我放棄了，任由他抱著我，躺在床上，我們什麼也沒做，只是安靜躺著，抱在一起。

「我幾乎要等不下去了，妳知道嗎？我以爲，妳就這樣永遠都不回來了。」我聽見他輕輕說話的聲音。「那天只有我沒見到妳，楊博翰一直跟我炫耀，說他跟妳去喝茶，陪妳散步去搭車，一直說妳變了，變得很漂亮，變得很大方，很不像以前的樣子……」

「我回來了，我沒變，好嗎？」我輕輕地說話，拍著他的背。

「我不知道現在怎麼辦，該爲了別人，或者爲了自己？」他思緒轉得很快，話題也轉得很快。像在自言自語似的，或許就只有在這漆黑而安靜的夜裡，在已經喝了夠多酒的時候，他才能好好地把心裡的話說出口，「可是妳讓我覺得好遠，這些年來，我一點長進都沒有……我一直在想，這些年來我到底做了些什麼？我以爲我做得很多了，可是再見到妳，我才知道，其實我什麼都沒做好過……」

「你正在做你想做的，不是嗎？」我試圖安慰他。

但劉建一搖頭了，他的聲音含糊不清，甚至讓我懷疑這話是不是在說給我聽，「我連我自己能做什麼都不知道，就算知道，知道又怎麼樣？只怕什麼都太晚了。」

我安靜著，不再接話，忽然明白他跟我是一樣的人。我們都有太多心裡想說的話，又說不出口，或者沒有對象可以表達。而我也明白，這或許是我唯一一次機會，可以這麼近地貼著他，這樣聽他形容自己，讓我認識眞正的劉建一。

「慢慢來，還不急的。」我安慰他。

「我做過很多事，有些連我自己都不好意思講。可是到頭來，我眞的覺得自己做錯了，選了一些沒有盡頭，也看不到明天的路。有老師找我去教課，去教那些小孩子跳官將，可是我自己很清楚，再過十年二十年，不管跳得再好，也沒有多大前途。我終究去不了自己想去的地方，做不了自己想做的事，甚至，愛不了自己想愛的人。」

他停了停，嘆口氣，「本來我以爲學著當髮型設計師也不錯，可是妳問了我那個問題，讓我又懷疑了。」

「那不是不好，只是要你考慮更長遠一點。」

「以前我還會想，想想自己應該怎麼做，才能讓身邊的每個人都過得更開心一點，但現在我不敢想了，經過這麼長的時間，我只會原地踏步，甚至愈活愈回去。我不敢再想太多，現在，我只想找一條，讓自己配得上妳的路……」聲音很輕，幾乎聽不見，我只隱約聽見他說：「可是我不知道如果這樣做，那羽華怎麼辦……」

「我沒有你想像中那麼了不起。」回答不了關於羽華的問題，我只能避重就輕。

「對我而言，妳像一隻蝴蝶，一隻從蛹裡蛻化出來，正張開鮮豔翅膀的蝴蝶，飛得很高，還正要往更高的地方去。也像羽華以前說過的，像一朵到了盛開時候的花朵，亮得讓人睜不開眼。」

「開得再漂亮，也不過是芹菜花而已。」我微笑一下，貼著他的胸膛說話。

「芹菜花很漂亮，小時候我阿嬤家有種，我看過的。」他喃喃著，「好遠好遠喔，我好懷念那個時候，那個什麼都不懂，什麼都不必想的小時候……」

那天晚上到底怎麼睡著的，我一點印象都沒有。隔天早上醒來時，劉建一還在睡。我躺在床邊，端詳他的臉。沉睡中的他，臉上表情看起來很甜，再沒了生活中那些苦惱困頓，也暫時拋脫了這些錯綜難釐的感情糾纏，像個孩子似的。

我無法逼自己移開視線，前一晚的話言猶在耳，我知道他很努力，努力地想要趕上每個人，希望自己成爲一個有用的人，只是他還找不到方向，找不到一條眞正適合自己的路。看著他，我在想，其實自己又何嘗不是？對於未來，懵懵懂懂的不只是他而已，我也還在摸索。

但那有什麼關係呢？反正我們沒有誰眞的知道未來的方向，其實我從來不曾眞正在意劉建一這方面的問題，他有多大成就又如何？一年賺多少錢又如何？那些都比不上他是否善良而誠實來得重要。我想羽華也是這樣想的，所以從來不去勉強他。

一想到羽華，我的心忽然冷了，問題紛至沓來。昨晚稍早時，楊博翰才埋怨過，說我把四個人之間的平衡關係搞砸，那現在呢？瞧，現在成了什麼樣子？我不但讓劉建一進我房間，甚至跟他擁抱、接吻，還讓他在我床上睡了一夜，直到現在都還沒醒。

亂了，都亂了。看著劉建一睡夢中的表情，我知道到此爲止，一切都已經不可能再回到過去了。原以爲故人重逢，大家可以一起敘舊話當年的夢想已經完全破滅。我們都變了，變得再複雜不過，彼此都有了無法告訴任何人的心事，都有自己無法掙脫的枷鎖，都把自己，也把別人推進了一個再也無法逃離的黑洞裡。

「你說，我們該怎麼辦才好？」我輕輕地問著正酣睡的他，然後，俯身下去，這次換我吻上了他的唇。

✧

這輩子我第一次對自己誠實。所以我吻你。

28

「才幾個月耶！妳就把一個平靜的世界全給毀了。」今年東京的雪下得晚，跨年夜都過了，半點要下雪的跡象都沒有。吃過拉麵，微微細雨中，沒撐傘走到鐵塔下面，亮澄澄的橘色燈光如此燦爛。站在鐵塔下，抬頭仰望它的雄偉，我卻忽然說不上去了，拉著李靖康，坐在外面的階梯上一起淋雨。

「就是因為把台灣那邊的世界都給毀了，所以我才逃回來啊。」我只能嘆氣。

「這麼說來我還應該感謝妳的搗蛋囉？要不然我想見妳一面，說不定還得飛回台灣才行。」他說。故事聽了一半，李靖康先去買來兩瓶熱咖啡，一瓶分給我，讓我繼續說下去。

那天讓劉建一繼續睡，中午我獨自出門上班。再回來時，他已經離開了，桌上留下一張紙條，寫著：

我找不到一條自己的路，就沒資格愛一個我愛的人。謝謝妳這些年來從沒變過，謝謝妳讓我知道，原來我還可以做更多。等我，好嗎？下次再見面時，希望可以看見依舊綻開的花朵。我會快樂點，會更努力點，因爲我知道，妳値得我這麼做。

寫得沒頭沒腦，一副交代遺言的樣子。晚上十點多，我看著那張紙條，失神許久，後來是楊博翰的電話把我喚回神的。他人在我家樓下，就在巷尾那家便利店前。

「我可以再等妳十分鐘，妳先想好一個非常漂亮的故事，然後慢慢說給我聽。」電話中，他頓了一下，「不對，是非常簡單扼要地說給我聽才對。火燒屁股了，我恐怕沒有聽一個長篇故事的耐性。」

劉建一打了兩通電話給楊博翰，偏偏那時候楊博翰正在跟一個夜店裡釣到的美女激情纏綿，所以任由電話響著也不接。直到他完事後，聽了語音留言才知道，居然是劉建一留給他的告別訊息。

趕緊下樓，楊博翰把電話遞過來，叫我自己再聽一次。劉建一的語調一如往常般沒有起伏，他先向楊博翰道歉，並詢問頭上的傷是否無礙，然後說：「我慢慢弄懂了一些事，那是很多年來想都沒想過的，原來感激一個人，跟愛上一個人是不一樣的，對吧？以前我覺得都無所謂，沒有關係，也以爲這輩子大概就這樣了。可是，現在我知道了，如果再不做點什麼，那不管過了多久，我都永遠只能是個被人同情跟照顧的可憐蟲、跟屁蟲而已。

「我做了一個決定，一個你聽了一定會想再揍我一拳的決定。但是你沒接電話，所以這一拳可能要先欠著，過幾年才能還了。我會自己去跟羽華說，這些年來，每次到了嘴邊又嚥回去的話，原來總有必須說出來的時候。不要怪采芹，因爲這不完全是她的責任，她只是讓我懂了一些事情而已。再見。」

「聽完沒有？聽完的話，拜託說明一下，到底這是怎麼回事？我連褲子都來不及穿好，馬上回電話過去，但是他已經關機了。開車到他的狗窩去，那裡也完全空了，只剩桌上留下的一張紙條跟一千塊錢，說是補給房東的水電費。」

我的心一層一層往下沉。楊博翰問我到底跟劉建一說了些什麼，而我搖頭。事實上劉建一眞的沒有說太多，我把那些枝枝節節的片段拼湊起來，跟楊博翰講了個大概，他坐在商店前的階梯上，五官皺在一起，一臉非常苦惱的表情。

「你知道他還有些什麼朋友嗎？」我問。

「一個人不會憑空消失，他另外還有哪些朋友，這個我也知道。不過既然他連房子都搬空了，那表示他是眞的想走了。這個人如果打定主意去做一件事，我看大概誰也拿他沒辦法了。」他恨恨地說：「這王八蛋每次都這樣。我還以爲他已經長大成熟了，結果其實這傢伙根本就活在過去跟現實攪成一團的混亂世界裡，從頭到尾都沒有走出來過。」

我站在一旁，充滿了惶恐跟愧疚，可是我不知道自己到底說了什麼，才讓劉建一做出這樣莫名其妙的決定。楊博翰說：「那一年，課上得好好的，前一天還約好要一起去日月潭釣魚，結果隔天他就沒來學校了。下課後我跑去他家，屋子裡只有他那個耳聾的阿嬤，比手畫腳半天，我才知道那小子大半夜裡就跑掉了，而且是去了台北，混了半年才回來找我。」他把香菸用力地往地上一丟，「多少年都過去了，王八蛋還是王八蛋，個性一點也沒改！遇到事情都不商量的。」

「或者他其實跟你商量過？」我指指他的頭，然後換楊博翰愣住了。

✧

我會懂，我會等，但你要回來。

29

「今天不用上班嗎？」第一句話，羽華問我。

「請假了。」我說。

兩天後，我終於鼓起勇氣，走了大約四十分鐘，來到羽華家。又是那個小公寓，一樣的鐵門邊。只是這次的心情，跟第一次來是天壤之別。按了電鈴，應門的羽華非常憔悴，頭髮沒梳，臉上有很深的黑眼圈，身上是非常簡便的家居服，一件淺藍色上衣、鼠灰色運動長褲，連拖鞋都沒穿。

小木桌前，放了一杯她給我的溫茶。羽華蹲坐在牆角，點了一根香菸，但她沒怎麼抽，只是任煙霧將她包圍得身影朦朧。

「他走了。」良久後，她才開口。

「我知道。」我點頭。雖然我不曉得劉建一是怎麼向羽華解釋或說明的，但跟那點細節相比，我更在乎的是羽華的心情。

「我該怎麼面對這件事呢？」那是一種強自壓抑的鎮定。羽華望著窗外，說：「這兩天，我一直在等妳，不過我沒有什麼要問妳的，我在等妳，是因爲我要等妳來聽我說一個藏在故事背後的故事，這個故事，我從來沒有告訴過任何人，因爲，我根本沒有聽眾，唯一一個可以跟我分享的，是我自己。」

我無言，靜靜地讓她說下去。「從在一起的第一年，我就知道了，他不可能永遠屬於我。或者說，他從來就不曾眞正屬於我，因爲不管在什麼地方、什麼時候，無論我多麼精心安排，設計得多麼巧妙、多麼浪漫，他卻從來不曾對我說過一句愛我。那時候我就知道了，他愛的不是我。」

「羽華……」我輕輕地叫了她，但她卻沒有理會，繼續說著：「妳知道嗎？每當我在他面前，得不到身爲一個女孩子最最渴望的愛情時，我總是想到妳。」看我一眼，她說：「我很想跟妳說說我的感覺，說說我的感受，像我們以前一樣。」

無法安慰些什麼，我的視線與她對望，羽華的表情很黯淡，「可是我該怎麼跟妳說呢？我知道他喜歡的人是妳，從很久、很久以前就知道了。」

「爲什麼？」我是眞的想知道爲什麼，因爲劉建一的表現，對我而言始終很模糊，羽華又怎麼可以確定呢？

「采芹哪，我們認識多久了？」她不答，卻反而問我這個。我想了一下，說：「從小學到現在，至少超過十年了。」

「那不就對了嗎？」她微笑一下，「這十多年來，妳一直是我唯一的朋友，如果連妳的事我都看不清楚，那不是太差勁了嗎？從楊博翰拉著建一來教室找我們的時候，慢慢地，我就感覺到了。」

我很慚愧地想著，如果從那點些微而片段的往事裡，她就能夠觀察感覺到的話，那爲什麼我做不到？

「所以當我寫信給妳，說我交了男朋友時，妳知道那時候我心裡有多麼複雜嗎？我想告訴妳，我終於找到一個跟我不一樣的人，這個人會很需要我，需要我的陪伴跟照顧，更需要我給他溫暖，我相信自己可以這樣付出，一輩子都不會覺得累。可是我能跟妳說他是誰嗎？不行。就算我曾經一度以爲，妳可能永遠不會再回來了，但還是不行，我有一種感覺，深怕一旦讓妳知道，我們之間的感情就會變質。」

嘆口氣，她又說：「我多麼盼望妳回來，又多麼害怕妳回來。每次看到信上寫著，說妳多麼想回台灣時，我都一陣矛盾，不曉得應該支持或反對。而後當妳終於還是出現，按了我門鈴，開門見到妳的瞬間，我又高興又提心吊膽。可是能怎麼辦呢？難道還能找妳商量嗎？明明妳人就在離我不遠的地方了，但我們的心卻愈隔愈遠。

「妳知道嗎？我好想去找妳，找妳陪我去任何地方，這幾年來，我的生命跟黑白影片沒有差別，別人去玩，我去打工；別人在開開心心談戀愛，我在小心翼翼保護我的愛情，很多事情，在妳回來後，我都想要拉著妳一起去做，可是能嗎？」她搖頭，「所以我不能常常找妳，當我慢慢又感覺到那股威脅時，我就膽怯了，只好繼續把自己關在這裡，盡可能地不要與妳接觸，更不讓劉建一跟妳接觸。」

說著，我聽見她哽咽的聲音，「但是這一切都沒有用，到頭來，除了嘲笑自己枉做小人之外，其他的只能束手無策而已，因爲最後他終於還是飛出去了，頭也不回地飛了出去，飛出這個他住了三年的小籠子。而那個讓他飛走的人，果然是妳。」

安靜聆聽羽華滔滔不絕的話語，忽然才明白，這些年來，人在異鄉的我，一直以爲自己是孤單的，總覺得沒有可以眞心說話的人，可是其實我錯了，佳雀姊、李靖康，甚至小蛋他們，不管是日本人或台灣人，無論年紀比我大或小，他們始終都對我很友善，樂意傾聽我的感受與想法，並且陪伴我在那個陌生的國度裡不斷前進。但是羽華不同，雖然一直留在這個熟悉的國家與城市裡，然而，她卻始終被關在一個小角落裡，拚了命想往前走，卻走不出迷宮。我有那麼多人陪著，就連劉建一最不濟時還可以找楊博翰商量或打一架，而最孤獨的人，其實是羽華，她唯一能夠說話的對象只有我，唯有我可以深入她的內心，去感受她的心事，去體會她在愛情與人生裡的徬徨與困難。我們都一樣，渴望與懷念著過去的美好，但卻也因爲太過掛念從前的情感，而讓這當下的自己陷入泥沼中，無可自拔。

但現在我不行了，是我辜負了她，原本最應該支持與陪伴她的人，現在反過來，竟然是摧毀她原本平靜與幸福的人。坐在桌邊，我握著自己的雙手，緊緊咬住牙根。但不管怎麼忍，卻也忍不住不斷滴下的眼淚。

「對不起……」聲音非常低微，也很含糊，我在自己的哭泣聲中，說了對不起。

「怪不了妳的，算了。」她仰起臉，頭靠在窗櫺邊，有兩行眼淚從清秀的臉上滑落，「這不是妳的錯，要道歉的話，也應該是我先道歉。」她再無法多看我一眼，只有淚水不斷落下，在我也已經掩住了臉，眼淚潰堤的同時，她說：「這些年來都一樣，是我先自欺欺人，自以爲可以取代妳，把他強留在我身邊。對不起。」

✧

愛情裡沒有對錯，那首歌裡這麼說。

他是很好的，所以我們的選擇不是巧合。

30

坐在浴缸裡　蓮蓬頭
代替我哭泣　像下雨
其實我不知道　眼淚有沒有流
就像這故事中　你有沒有愛過我

虛弱的窗簾　留不住
房裡的黑夜　也要走
清晨喚醒了我　照亮昨夜的夢
一直到這時候　才開始有一點懂

你的愛就像彩虹　雨後的天空
絢爛卻叫人迷惑　藍綠黃紅　你的輪廓
你的愛就像彩虹　我張開了手

卻只能抱住風
吻我離開我　你就像
出太陽下雨　難捉摸
越是努力揣摩　越是搞不懂
只好慢慢承認　這故事叫做錯

（彩虹，詞：阿信，曲：阿信／梁伯君）

在飛機上，聽著梁靜茹的這首歌時，眼淚不知不覺又往下滴。空姐過來，用清脆悅耳的日文問我是否身體不舒服，我說沒關係。臨走前，在機場的書店買了村上春樹的《挪威的森林》。開頭是男主角搭機前往德國，在飛機上因爲想起了往事而難過，一樣是親切的空姐向他詢問。我沒有那麼好的文采，可以具體描寫感受，只是聽著歌時，想起了羽華，然後忍呀忍地，怎麼也忍不住感傷而已。

那天之後，又拖了兩個星期，才終於處理完所有瑣事。我把工作辭了，房間辦退租，再請遠在日本的媽媽替我處理機票的事，然後，依舊是簡單的行李，我搭上日亞航的飛機，目的地是成田機場，東京。

「妳們是活在梁靜茹的世界裡嗎？」在台北，跟爸爸吃完飯，也跟他們說了要回日本的打算，老爸沒有贊成或反對，倒是叫我回去後幫他找找看有沒有漂亮的魚竿。他的生活很愉快，再不會爲了當年的風風雨雨而難過，我很希望有朝一日自己也可以做到這樣，只是我想還需要一點時間，或者，還要更多一點距離。因爲時間已經過了五年，可是我們誰也沒有走出來過，而距離已經隔了一個小時的時差，我們四個人的心仍然彼此強烈影響著。回景美的路上，走到捷運站外面的公園邊，采薇聽完我的故事後，回去就從她電腦裡翻了一堆梁靜茹的歌給我。

「所以現在沒事了吧？」她問。

「至少暫時是沒事了。」我說。

采薇問我，到底後來劉建一去了哪裡，我說我也不知道，這兩個星期來，半點音訊也沒有。楊博翰聯絡了所有可能知道他下落的人，但一無所獲。於是我們都知道了，除了等他哪天自己出現，我們別無他法。就像當年一樣，某天的某個時候，他覺得自己該回來了，就會回來的。

「那羽華姊還好嗎？」

「算是還好吧。」嘆口氣，我說。

結束了台中的生活，我帶著行李到台北，再過不了兩天就要回日本了，下午跟羽華碰了一次面，她的氣色已經好了點，只是依然很沒精神。一起去吃飯，逛了逛街，漫無目的，我們什麼也沒買，腳痠了就在街邊的咖啡店裡休息。

「東京下不下雪？」羽華望著陰鬱的灰色天空，問我。

「當然，而且很冷。」

「過年的時候去找妳好不好？」她帶著憧憬的口氣，「我很想看看東京下雪的樣子，日劇看太多，有好多地方我都想去親眼看看。」

「沒有想像中那麼漂亮的，」我微笑一下，「每天光是烏鴉叫，妳就被煩死了。」

笑著，她輕啜一口焦糖拿鐵，問我回日本之後的計畫。

「念書吧，找個專門學校或短期大學。其他的等畢業再說。」

她點點頭，看著窗外來往的人車良久，「如果有一天，我是說，如果有一天，他回來了，去找妳的話，妳會不會接受他？」

靜默了一下，我說我不知道。

「接受他吧。」她嘆口氣，說：「這些日子以來，我想了很多很多，從以前開始想，一直想到現在。妳知道我想到了什麼結論嗎？我想，他現在之所以會離開，是因為覺得自己配不上妳，對吧？這次的離開，跟他國中輟學不一樣，以前他是為了生活而沒得選擇。以後如果他再回來，那一定是改變很多的時候了，而且我們都知道，那改變不是爲了別人，是只爲了妳。那時候，他也一定不會再是我想要的那樣子了，所以妳眞的不要顧慮我了，好不好？」

不知如何回答才好。當一切終於塵埃落定，大家的悲傷情緒都緩和了點，我忽然想起一個遺落在記憶角落裡的片段：很久很久以前，國一離開前我曾蹺過一次課。那次劉建一帶我去水里國中附近打電動，他跟我說，已經有喜歡的對象。我在想，如果那時候我更勇敢一點問個明白，是不是後來我們兩個人就不用多繞這麼一大圈，最後還繞丟了方向。而我又在想，當年離開台灣前，我很想託羽華幫我去問問劉建一這問題，倘若那時我讓羽華很清楚地明白這個祕密，明白我是喜歡劉建一的，而不是這樣瞎猜瞎感覺的話，那麼之後不管怎樣，她都不會再愛上他，我們也就不會鬧到今天這樣子，讓每個人都受傷的地步。

我嘆了一口氣，但羽華也不需要等我說什麼，她早已非常清楚劉建一的個性。「他那個人很不服輸，自尊心很強。以前就算我想再多幫他一點，他也不要。所以我可以猜想得到，爲什麼他要這樣避開眾人，自己一個人走。我也可以想像得到，他絕對不會低潮太久，等他鬱悶過了，一定會更努力朝自己的方向前進。」

「羽華……」看著她出神的雙眼，我知道她正想像著人在遠方的劉建一。我深怕她這麼想著想著，就會有眼淚從她臉上流下，我輕輕地叫了她的名字。

「沒事的，不用擔心我。」她回過神來，對我笑了一下，「這麼多年來，只有我擔心妳，沒有妳擔心我的，對吧？」

「對。」我也微笑，點頭，確實是這樣沒錯。

「所以，如果他去找妳了，請妳就順著自己的感覺，不要太顧慮我，好嗎？」羽華凝視著我，看得非常仔細。

「好。」我答應了，但也不免還是放不下心，問她：「那妳呢？」

「我不會有事，妳知道的。看到他的時候，替我跟他說句謝謝，謝謝他陪我過了三年的幸福日子，讓我眞的體會到愛情的滋味；但說完後，記得替我扁他幾下，因爲這個狼心狗肺的傢伙，也辜負了我三年的付出，什麼是恩情，什麼是愛情都搞不清楚，也沒有勇氣去搞清楚，浪費大家那麼多時間。」說完，她笑了出來，只是笑得很苦，非常苦。「該過去的就只好咬著牙，忍痛讓它過去，否則新的未來永遠都不會來，對不對？不管愛得多深、傷得多重，該過去的，我會努力讓它過去。妳也是，知道嗎？」她的眼眶裡含著淚水，對我說，而我點頭。

後來我問她，以後會不會考慮楊博翰，他雖然花名在外，但我知道楊博翰對羽華還是一往情深，可是羽華搖頭，「不必替他說好話，這個人哪，算了吧。妳可以直接跟他說，要是那麼有心的話，不如這輩子多做一點好事，或者去跟他說，南投縣有個水里鄉，水里鄉有個車埕村，車埕村有個香火鼎盛，非常靈驗的三元宮，妳叫他去那裡拜拜，祈禱下輩子可以再遇到我，到時候也許我會考慮給他一個機會。」

我哈哈大笑，因爲這像極了國中時候，我們私底下討論楊博翰時的氣氛。羽華靠著我的肩膀，對我說：「我寧願小姑獨處，也不會浪費時間在一個敗家子身上的啦！」

✧

或許過程曲折，但只要誰都不變，我們就會回到最初的時光。

31

所以我收起了自己的鬱悶跟難過，結束了那幾天無頭蒼蠅般的盲目。李靖康聽我說完這個漫長的故事，雨早已停了。東京鐵塔的燈光依舊繽紛燦爛，跨年夜剛過不久，羽華已經寫信來，跟我約定了農曆年的時間，等大一上學期結束，她立刻就會過來，而且還說要找采薇一起來。

「妳說……那個徐羽華很漂亮？」

「比我漂亮一百倍。」我說：「看名字就知道，她是擁有華麗貴氣翅膀的天使，而我只是一棵開了也沒用的芹菜。」

「妳說她會來日本過寒假？」

「保證讓全東京的美女都相形失色。如果她來我家住，那麵店肯定生意大好，因爲男人們都不想走了。」

「那麼……」李靖康臉上忽然一陣古怪，「麻煩請幫我跟令堂說，麵店靠近樓梯口的那個座位，請幫我保留一個寒假的時間，謝謝。」

我幸福嗎？我並不幸福。但我快樂嗎？我還算快樂。人生或許就是這樣，我們常常因為期待而萌生希望，然後仰賴著那份希望，才有能量繼續活著，而且可以活得很有力道。就像連續四年的寒假都來日本看雪，每次見面，羽華都說一樣的話：「就一朵芹菜花而言，妳也算是開得太精采了喔。」

然後她會再往我身旁看一眼，對著非常害羞，半句話也講不出來的李靖康說：「至於你，這幾年來倒是一點長進也沒有，我在台灣有個老朋友也差不多是這樣，你們應該去結拜一下才對。」

每年，羽華都會問問劉建一的下落，但我所能給的答案也都一樣。這個人就這樣離開了，一點消息都沒有。起初我還抱著期待，以為頂多一兩年他就會跟我聯絡，但是我失望了，沒有電話、沒有書信，甚至連一張明信片都沒有。

說不難過是騙人的，當我從兩年制的專門學校畢業，開始上班時，媽媽已經在問我考不考慮交個男朋友。而我搖頭，那種漫長的期待但卻落空的感覺，讓我無法敞開心門去接受別人，當深夜裡，躺在床上難以闔眼，就著窗外的光線，隱約不清地看著那張依然吊掛在窗口的字跡時，我也知道，其實我還沒眞的死心，我還在等，等一個雖然不明確，雖然遙遠，但卻深刻烙印在我心裡的約定實現。就像去年李靖康終於回了台灣一趟，再回來時他帶了一堆周星馳的電影，其中《齊天大聖東遊記》跟《齊天大聖西遊記》

裡，朱茵飾演的女主角，在被迫嫁給牛魔王，已經退無可退時，她還堅信不移，說總有一天，她心目中的那個人，會踩著七色祥雲、身穿黃金甲冑回來迎娶她。但我不求那麼多，不必什麼祥雲，不必甲冑，不娶我也沒關係，我只想知道他好好的，好好的，這樣就好。

只是，有太多個夜晚，我望著那四個字，心裡的期望卻從來沒有實現過，原本我已經幾乎死心，不再等待了，還跟自己說，沒有那份希望，沒有那份能量了，至少我還可以在這裡陪著媽媽生活就好的。或許緣分的安排就只有這樣了，命運逼得我們最後只好走出記憶，走出過去，重新開始新的生活。我這樣告訴自己，並勉勵自己能夠在新的環境裡找到生活目標，這種想法，一直到我上班的第二年，有一天，連公司主管都問我需不需要幫我介紹相親對象。

那天，非常窩囊地回家，心情壞到極點。公司有忙不完的業務，我手上的訂單錯誤連連，主管早上才和顏悅色問我要不要相親，說有個不錯的人選可以介紹給我，下午我就因爲這些疏失而被嘮叨了一頓，但那其實不是我的錯，客戶接連改了幾次訂單品項跟數量，我要再次核對時，他們那邊又沒人接電話，事後才來電抱怨，說產品數量不足。憋著一肚子委屈下班，在擁擠的電車上忍受難聞的氣味，一下車我就跌倒，連高跟鞋的鞋跟都斷了，就這樣一拐一拐地跛著回家。

媽媽在店裡忙進忙出，連我到家了都沒發覺。換過衣服，我休息一下才下樓，她驚訝地問我什麼時候回來的。

「半小時前我就到家了。」我懶洋洋地回答，還幫她把客人的麵端出去。

她點點頭，又忙了一陣子，等廚房裡的事都做得差不多了，這才忽然想到什麼似地說：「對了，下午有人來找妳。」

「李靖康嗎？」

「不是，是另外一個男生。」

「另外一個男生？」我愣了一下，想不出還會有誰來找我。

「年紀很輕，個子不算高，長得也不帥，我一看就覺得不怎麼樣。」她一邊洗菜，一邊說話：「我本來以爲他是客人，結果他一開口嚇了我一大跳，他居然說中文！」

「中文？」我心頭一凜。

「嗯。我想他可能是看到我們的招牌，覺得賣中華料理的應該會講中文，所以想來問問路，但他居然問我是不是余媽媽。我要怎麼說？點頭搖頭都不對，我現在明明是陳小姐，不然也應該是陳女士才對。」

我實在沒有什麼想笑的心情，急忙問她：「到底是誰來找我？」

「說是妳的國中同學啦！」冷笑話被我打斷，媽媽有點失望，「起先我也不相信，他還說他是我們車埕村來的，連三元宮都說出來了，我才知道不是騙人的。」

「結果呢？」

「沒什麼結果啊，那時候我在忙，所以請他到樓上去坐，還叫美智子端茶上去給他，坐了大概十五分鐘吧，我本來要上去陪他聊一聊，結果他就下來了，說因爲是跟朋友們一起來的，大家在附近等他，所以不能待太久。」

「有沒有說他叫什麼名字？」我急忙追問。

「這個嘛……」結果我媽一愣，搔搔腦袋，把廚師帽都弄歪了，想好半天，居然說：「我忘記問了。」

喪氣跟懊惱的心情簡直無以復加，我差點沒有破口大罵，怎麼這麼基本的問題都沒問呢？正想頓足搥胸，結果我媽又說：「他說他是做頭髮的，整家店的設計師都來日本，要參加什麼研習會之類的。課程結束還有一點時間，所以才有機會繞過來看看。」

我趕緊問她，想知道這個人有沒有留下什麼聯絡方式，結果我媽搖頭，還說她問過了，原來那個人在日本停留的時間很短暫，只有短短幾天，課程一結束，今天傍晚的飛機就要回台灣。

我已經快哭出來了，那個人一定是劉建一，肯定不會錯。媽媽怎麼這麼糊塗呢？沒問到名字也就算了，連個電話或什麼的也不請人家留下。我非常沮喪，正想掉頭上樓時，媽媽忽然又想起了什麼，叫住我，「還有還有，他說他有東西要給妳。」

「什麼東西？」我站在樓梯口，一線希望我都不想錯過，立刻回頭。

「不知道，亂七八糟的，他說他放在車埕車站，叫妳下次回台灣可以去拿。」

✧

因為你回來了，所以我回來了。

32

雲山飄渺，霧氣籠罩。我花了好半天時間，才適應台灣的道路行車方向跟駕駛座位的不同。如果是楊博翰開車，大概可以省下一倍時間，而我花了快三個小時，才開到車埕村來。

借車時，楊博翰再三叮嚀，吩咐我看到警察時應該怎麼說怎麼做，但我根本沒在聽，只是低頭看他畫的地圖，想快點把他的車開走而已。我不搭火車，因爲討厭等車。已經等了太多年，我不想再經歷那種等待的滋味。一路從省道開過來，到水里街上時我就認得路了，順著縣道回車埕村，天氣不算差，很涼爽舒適。

車埕車站的木牆沒有再粉刷，一切還維持當年的模樣。國中時如此，高中畢業回來時也如此，現在看，它還是差不多。把車停在車站外面，關車門時，我深深吸了一口氣，做足了心理準備，然後這才邁步。我想去看看，看他留下了什麼驚奇給我，就像那天他忽然跑到我家去，趁著沒人時，拿起客廳桌上的留言紙，又寫了一張「晴耕雨讀」一樣，讓我震撼不已，全身毛孔都張開，眼淚不知不覺間流得滿臉都是。

「第二年，我走了。跟妳一樣。」

「第三年，芹菜花開了沒？我等了好久。」

「第四年，後悔，沒有留住妳。」

都跟以前一樣，只是歲月風化了痕跡，變得更加模糊。「第五年」的後面依然空白，之後「第六年」、「第七年」、「第八年」也一樣，只有年分數字，卻沒有後續。一路看下來到「第九年」也如此，只有最後一行，「第十年」後面才接了一句話，上面刻著：「我回來了。如果妳也回來了，找老李吧。」

老李？起先我愣了一下，但隨即想起，老李指的就是車站裡的那位站務員。他還沒退休嗎？我帶著懷疑，依依不捨地挪開視線，往車站裡走去。裡面早已不再是站務室，這裡現在是什麼風景文化發展協會的辦公室，不過其實根本是聊天的地方。走過去，在原本的售票口張望一下，我看見李伯伯正在裡面泡茶聊天，打個招呼，我說：「李伯伯你好，我姓余。」

「從日本回來的那位余小姐吧？」李伯伯立刻知道我是誰。他微笑著叫我等一下，從事務桌的抽屜裡拿了一個小紙袋給我，裡頭裝著小紙盒。我打開前，他問我：「等一等，妳身上有沒有五百元？」

點點頭，我不知道要五百元幹麼，結果他說：「劉建一欠我的。很久很久以前，我就跟他說過，再在我牆壁上亂刻字，被我抓到的話要罰五百，他說好。結果呢，妳有沒有看見？」他往外牆一指，「上次拿這個紙袋來我這邊寄放，不知道什麼時候，居然偷偷摸摸又給我跑去刻字。我抓不到他，只好跟妳要錢，不好意思，這年頭油漆很貴。」

笑了出來，我非常樂意付這五百元，同時也拿出手機，在李伯伯真的去買一桶油漆來把那些刻痕刷去前，趕緊拍下一堆照片。然後向他道謝、道歉，再拿著那個袋子，順著已經變成「老街」的巷子，一路走到三元宮，在可以觀覽整個車埕小村的欄杆邊，拆開那個紙袋，再打開紙盒，看了裡面的東西，也看到一張藏在紙盒內的紙條。

有一樣東西，從國小二年級到現在，我已經欠妳欠了很多年，現在終於可以還給妳了。這東西我帶去日本，沒遇到妳，只好再帶回來，就放在藏著最多祕密的老地方，而恭喜，妳拿到了。

很抱歉，第五年本來要寫什麼，我已經忘記了。不過重點是最後的結果，妳說是不是？這幾年來我沒有去太多地方，做的事情一直都很簡單，而目標與方向也始終都只有同一個。我不確定妳是否還在乎或在意這些，所以請妳告訴我，這東西妳還要或不要。如果不要，請把它寄給我，地址在紙條背面。設計師的收入全仰賴客人的多寡，我手藝還不夠好，錢賺得很少，妳不想要的話，我還可以拿去賣掉。如果要的話，麻煩打電話給我，號碼也在紙條背面。打電話給我時，跟我說說看，新的「晴耕雨讀」四個字有沒有比以前的好看？我又練了四年，終於在妳家寫出自己這輩子最滿意的字。

紙條在這裡寫完，署名非常簡單，只有一個「一」字，不仔細看，還以爲是不小心畫到的一筆。

我把紙盒裡的東西捧在掌心，臉上有一滴溫暖的眼淚滴下來。這麼多年了，我們幾乎花去了大半的青春歲月，走了好長一圈，流了無數的淚，嚐過無數的苦，在時差來去的距離裡不斷思念與期待，終於，好不容易才走到這一步。我把那個雕工很精緻而細膩的戒指套上右手無名指。這是他欠我的，然而卻是我作夢也不敢奢求的，直到今天，這個放在心裡好多年，連夢都不敢夢到的童年夢想總算實現，而且如此眞實。我想起他說過的，以後想去過著「晴耕雨讀」的生活，如果他需要一個伴的話。

「我願意。」我在心裡偷偷說著，然後撥了一通電話給他。

✧

我的存在早已為你存在。
花的姿態早已為你盛開。

○後記

願每個人都幸福，如花般恣意綻放

這是所有成書的故事中，我寫過最短、也是花費時間最少的一篇，總字數只有八萬字左右，真正寫作的時間只用了十七天。但在這十七個工作天前，我卻花了好多時間蒐集材料，感受人物的心情，然後才開始動工，讓它變成我最喜歡的一篇小說之一。因為這篇小說沒有複雜反覆的劇情，沒有太多枝微末節的敘述，但是卻多了很多「感覺」。

很難說明那是一種怎樣的心情，只能說我把自己對愛情最大的憧憬投注在故事裡，那是若干年來，我們夢寐以求而不可得，甚至連自己可能都做不到的。誰能夠為一個心裡的人這樣付出跟守候？又有誰能夠堅持自己對愛情的信念，長時間地無怨無悔？

所以這故事裡沒有壞人，因為愛情裡本來就沒有壞人，有的只是幸或不幸而已。但面對不幸的遭遇，或愛情與友情相互衝突時，人該怎麼選擇？我不想讓誰跟誰撕破臉，就算難以兩全其美，也能夠抱持著祝福與感恩的心，希望對方得到幸福就好。這是我理想中的人物，但他們在現實中幾乎找不到。而正因為不可得，小說才有存在的必要。

感謝提供我很多材料的大家，也同時要致上很深的歉意，不小心把劉建一寫成一個悶葫蘆，所以關於官將首、美髮業的很多知識都沒有完全用到，希望以後可以在小說裡寫到更多。也感謝現實中的采芹、羽華，還有建一，你們的名字真的太適合這故事了。

寫愛情故事的第六年，第十二本書，沒有太囉唆的情節，沒有太囉唆的後記，只有我自己很小的希望，希望每個人都幸福，這樣就是最好的了。

穹風二〇〇八年四月二十九日

台中，沙鹿

是幸福，是寂寞

晴菜 著

愛，是心中一首輕盈的詩，
有絢爛的落花，有多愁的流水，或有情或無情，
畫面總是和夢境一樣的美，一樣易碎。

〈搶先試讀〉

【序章】

大家都說，我在玩扮家家酒，像小孩子想裝成大人，迫不及待地要長大，才以爲那份感情是眞心的，是絕對的。我不太明白他們憑什麼這麼想，雖然我的確曾經那麼渴望長大，那麼著急地想證明自己不是無能爲力的。然而，如果我眞的不曾喜歡過他，如果一切都只是遊戲，那麼道別的時候，看著他遠去的背影，那個背影，爲什麼會化作記憶中的一絲痛楚？

她讀著夾在書本中的發黃紙條，事過境遷後，當時的激動和傷狂被時間沖淡，如今只留下紙張受潮的柔軟觸感，和上頭微微暈開的秀氣字跡。

頭頂傳來微小的雷聲，彷彿還在很遠的地方。抬起頭，公園另一端飄來一塊十分烏黑的雲朵，透著飽含水氣的味道，那味道涼涼的，有那個冬天的溫度。

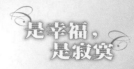

她繼續仰著頭，等著親眼看見雨滴落下似的，彷彿只要這麼做，他就會出現。

她不是認眞在等待他的出現，只是，只是啊……安靜獨處的時候，總有些片刻容易觸景傷情，那年的故事好像才發生過，怎麼也不會結束一樣，和他並肩走完的那條安靜小路、不讓自己痛哭失聲的極度壓抑，有時漫長得不見盡頭。不過有些事的的確確已經完結，不管被動或主動，他們都成長了，用一些純眞換來世故，用一點傷口得到堅強，某些東西被取代，然後不再回來。

她坐在公園的長椅上耐心等候，雖然不清楚自己到底在等什麼，一個人？一份感觸？腳邊昨夜下雨積成的水坑，風才經過，幾個同心圓的波紋一圈圈滑開，會一直無止境地擴大那樣，連同那年那個說也說不完的故事，一起憶起來了。

【第一章】

故事，應該從哪裡說起呢？女孩附在耳邊伴隨著輕笑的悄悄話？還是安靜得幾乎可以聽見回音的那間客廳呢？

說起來，有個畫面始終深印她腦海，並不是特別重要，每每想起，總是非常鮮明，安安分分地存在著。

有一個騎車上學的早晨，霧還沒有完全散去，她在停紅綠燈時看見馬路中央有隻小貓倒在地上。那是一隻有棕色大斑點的白貓，一動也不動的身體看上去好柔軟，一定是剛剛才被撞死的吧，沒什麼外傷或血跡，乾乾淨淨的，或許牠只是昏倒而已。如果現在衝過去把牠抱離車來車往的路口，應該還有救。

子言雙眼直盯著那背對著她的小身軀，綠燈亮了，她用力踩起踏板，視線不再往地上望去，一股勁衝過馬路，衝過那片迎面撲來的清蒼空氣。

她大概是一個無情的人吧！向學校狂飆的路上，她這麼捫心自問。

記得那年她是就快邁向十七歲的高二學生，有個最要好的朋友，名字叫詩縈，個子比她矮一些，個性比她正經八百一些，牽起的手比她細嫩一些。附在她耳畔說話時，總會讓她不自禁呵呵笑起來。

「哪一個？」

「左邊那個。」

「頭髮捲捲、在看書的那個？」

「不是啦！更前面一點，戴耳機那個。」

「他穿紅色的球鞋耶！」

「那又怎麼樣？」

「男生穿紅鞋子感覺很孩子氣。」

「有什麼關係？妳不覺得他很帥嗎？」

「嗯……」子言調皮地將身體往後倒，明眸圓睜，觀察起站在公車站牌旁的男生，他聆聽耳機裡的音樂時，那發呆的側臉，在一堆乘客中，顯露出一種沒睡醒的惺忪。直到他抬頭尋找公車的影子，她迅速把身體拉正，低聲問詩縈：「他有女朋友嗎？」

「好像沒有。」

「長得好看的男生通常都死會了。」

「被他拒絕過的女生有問過他女朋友的事，他說沒有。」

「妳不知道他是哪一班的嗎？」

詩縈搖搖頭。

「拜託，妳不知道他的班級，卻知道他在哪一站上車。」

公車到了，大家紛紛上車，那個男生也是，她們兩個還在討論他的事，司機從裡頭揚聲問：「妳們到底要不要上車？」

子言和詩縈趕忙掉頭，搖頭搖得很一致，站直身體，等到公車慢慢駛離，才不約而同地噗嗤笑出來。

「別笑了，快走啦！」子言拉著詩縈跑向停在一旁的腳踏車，「為了看妳的心上人，萬一遲到怎麼辦？」

「是妳一直吵著要看我的心上人耶！」

她們兩個跳上腳踏車，使勁全力追著遠去的公車。那個男生站在公車最後面的位置，一手拉著吊環，正在動手調他的 MP3，高高的運動員個子，他有不算短的睫毛，低下眼的時候很好看。

過沒幾天，詩縈打聽到他是五班的，名字叫柳旭凱。

於是，她寫了一封信託人交給他，內容都是她注意他整整一年來的告白。

午休時間，她拖著子言離開教室，躲在樓梯間苦苦央求她一件事。

「咦？妳幹麼要我做那種事？」子言困擾地哇哇叫。

「拜託嘛！柳旭凱要回覆我的那一天，剛好得去醫院回診呀！」

「那妳就叫他改時間嘛！」

「不要啦！反正都會被拒絕了，哪一天有什麼差別。」

子言見她洩氣地垂下糾纏的手，狐疑追問：「妳都還沒聽到他的回覆，怎麼知道會被拒絕？」

詩縈傷心地看了她一眼，兀自在階梯上坐下，發呆片刻後，才不疾不徐地開口：「聽說他都對被他拒絕的女生說，他現在只想專心在推甄上面，不想分心。」

「唔……好公式化的理由喔！」子言跟著坐在她身邊，雙手撐起下巴，「推甄不是還久嗎？真的這麼乖？」

「我覺得我一定也會聽到同樣的話，啊……好討厭！」

「所以妳就想要我代替妳去聽啊？」

「也不完全是這樣，畢竟妳不是本人啊！聽到那些話一定不會難過。」

「可是那樣好奇怪喔！萬一拆穿了怎麼辦？」

「不會啦！都被拒絕了哪有什麼機會拆穿？」詩縈扯扯子言的上衣，擺出賴皮的可憐相，「拜託啦！我心臟不好，不能承受太大的打擊耶！」

子言心不甘情不願地斜眼瞅她，「那，只要我以後有新魔術，妳就得當觀眾才行。」

詩縈甜甜地笑了，舉起手，「好，一定！」

「還有，下次班會表演的時候，妳要當我的助手，而且穿上那件蘿莉裝。」

「啊？這代價太大了吧？」

「不要就算了。」

「好啦好啦！妳很會趁火打劫耶！」

「呵呵！是交易，交易。」子言站起身，拍拍裙子，「回教室吧。」

詩縈的笑容黯淡了些，似乎很介意那不怎麼樂觀的未來，她將半張臉埋進膝蓋裡，嘟噥著，「妳先回去吧，我想幫自己默哀一下。」

子言不語地望了望她，三步併作兩步下樓，忽然又打住，回頭，「喂！要是他答應了怎麼辦？」

「什麼？」

「那個柳旭凱，要是他不打算拒絕妳，答應了怎麼辦啊？」

「……」詩縈無語地和她對望半晌，「不可能。」

子言不置可否地聳聳肩，繼續往下走，誰知樓梯上的詩縈又出聲喊住她。

「子言。」

「什麼？」

「妳啊……會不會喜歡上柳旭凱？」

面對詩縈憂忡的神情，她愣了一下。

「神經。」

很久以後，她再回到這所學校的時候，曾在這裡的走廊駐留許久。抹茶色的光線斜射在樓梯間，隨風搖曳的樹影、不遠處麻雀的啁啾都在那束光線中靜止了，穿著高中制服的女孩們穿透那道光，輕快地跑下階梯，翻飛的百褶裙襬一眨眼就消失在她懷念的視線盡頭。如夢初醒的怔忡之下，那仍舊是一個什麼都沒有的寂寞樓梯間。

她是這樣地常常想起從前那些青春片段，單是一闔眼，那些畫面依然歷歷在目。

子言清楚記得第一次和柳旭凱說話，她是以詩縈替身的身分出現在他面前。

「沒關係，還是謝謝你回答我。」前一天，子言以平板的語調說完，隨即皺眉反問：

「妳要我說這麼肉麻的話？」

「就算被拒絕，我也要讓他覺得我有禮貌，一定要這麼說喔！」詩縈不讓她討價還價。

當天，子言遠遠窺探柳旭凱一個人站在無人的庭院，下課時間的喧鬧彷彿還在很遠的地方，他時而看看遠方，時而低頭踢起腳下的落葉，坐立難安的模樣讓她覺得好玩。

子言踏出步伐，踩響一地沒被掃掉的落葉，他驚醒般抬起頭，緊張的目光隨著她的來到而顯得尷尬。

「嗨！我來了。」她立定，長長的馬尾在背後甩出漂亮的弧線。

「妳……妳是吳、吳詩縈嗎？」才說完，他就爲自己的吞吐感到懊惱。

「我是啊！」

他避開她強忍住的微笑，低下頭看著兩個人相對的雙腳，「那個……我收到妳的信，不過，我現在只想好好地……」

「沒關係，還是謝謝你回答我。」子言語畢，撞見柳旭凱發愣的表情，這才意識到自己說得太快了。「啊！抱歉，請你繼續。」

「嗯？喔……我是想說，我現在只想專心在課業上，對於其他事就……」

果然被以同樣的理由拒絕了，但是拒絕的這一方還這麼緊張，這倒是出乎子言意料之外。

她趁他說話的空檔，瞪大眼睛，像是要把眼前大男孩的長相端詳仔細一樣，害得柳旭凱愈說聲音愈小，莫名其妙地檢視自己哪裡不對勁。

他的頭髮不是完全的黑，帶著淡淡的棕褐，很順很柔軟，像那隻小貓毛茸茸的毛。他的眼睛水汪汪的，跟他的髮色一樣，漾著琥珀色的光澤。

「沒關係，還是謝謝你回答我。」

這回她認眞地把詩縈囑咐的話說完。他看起來是一個眞誠的男生，並沒有隨便應付，幸好詩縈的眼光不錯。

「眞的很抱歉。」

柳旭凱搔著頭，稍稍看了她一眼，又很快把視線移開，他眞是個不擅言詞的人。

「沒關係啦！眞的！不過，你能不能答應我一件事？」

「什麼？」他納悶地問。

「我寫給你的那封信，別丟掉它好嗎？把它收起來，因爲那是我好不容易鼓起勇氣拿給你的。」

她用清亮的聲音要求他，男孩子氣的眼神奕奕發著光，卻沒有一絲失落。

柳旭凱呆愣著，靦腆地微微紅了臉，「好，我不會丟。」

「那我先走了，拜拜。」她轉身跑了幾步，還回頭叮嚀：「一定不能丟喔！」

子言離開的時候，地上一層厚厚的枯葉被她踩踏得沙沙作響。他目送她高 䠷的身影跑出這塊冷清院落，爲那個女孩本人和信中的感覺不太一樣而感到些微困惑。

沙沙聲漸漸聽不見了，他想叫住她，最後還是沒有那麼做。

「嗯……他果然那麼說啊……」

體育課，詩縈聽完子言的報告，只是淡淡吐出這麼一句話。

她們站在操場外圍的樹下，看著其他班級也在上體育課，操場熱鬧得要命。子言不知道該怎麼安慰她，有意無意地問起她的身體狀況。

「妳回診之後，醫生怎麼說？」

「就說還不錯呀，人工瓣膜可以撐很久。」

「那就好。」

子言掉頭晃晃頭上被吹得搖晃的枯枝，打了一個哆嗦，實在想不出這節骨眼還能說什麼稍微有點建設性的話。

詩縈始終低著頭，用右腳腳尖在黃土上畫圈圈，跳芭蕾一般，一遍又一遍，直到把她的球鞋都弄髒了。沉默好一會兒，她忽然又開口：「我其實很後悔把那封信交給柳旭凱，打從送出去那一天就一直後悔到現在。」

「為什麼？」

「如果我沒有告白，就不會知道結果，那我就可以一直喜歡他啦！」

「這是鴕鳥心態嗎？」

「我還滿喜歡暗戀的感覺的耶！」她終於抬起頭，笑嘻嘻地說：「雖然常常會心急，會覺得孤單，可是大部分的感覺都是很開心的，像是看見他經過我們班教室外面啦、期待明天又能遇到他啦、看他在操場踢球啦……暗戀真的比告白好。」

「……妳不要哭啦！」

「我才沒有哭呢！」

子言望著她眼角的淚光，還有她笑開的酒渦，輕輕將頭靠在詩縈的肩膀上。

她不確定暗戀是不是眞的比告白好，坦白說，她沒有特別的感受，不明白詩縈後悔的心情，和她對於暗戀的執著，也說不出任何體貼的話語。恍然間，馬路那隻小白貓背對她的身影又浮現腦海，這揮之不去的影像似乎成了她不願觸及感情的證明，時時苛責著她。

「對了！妳還記得答應過要看我的新魔術吧？我今天有備而來喔！」子言快樂地轉移話題，從體育褲口袋掏出一副撲克牌，在詩縈面前晃晃。

詩縈暫時擱下失戀的感傷，興高采烈地看子言擺出魔術師的姿態，表演起來。

這時，球滾過來了，柳旭凱快步跑上來撿球，不意發現樹下的兩個女生，他認出其中一個就是昨天才剛被他拒絕的女孩子。

他撿起球，遠遠望著子言古靈精怪、顯得好豐富的表情，最神奇的是，她右手動一動，左手轉一轉，夾在指間的撲克牌眞的被她變不見了，換來朋友猛搜她的身而哈哈大笑。

柳旭凱也跟著笑了。當初讀著她的信，以爲對方會是個文靜的、容易害羞的女孩子，結果本人卻不是這麼一回事。

稍後柳旭凱發現自己抱著球傻笑，連忙回到隊上去。沒想到不一會兒，同學踢歪了球，那顆足球快速飛向樹下，他還來不及出聲，球不偏不倚打中子言的頭！

她「哇」地叫一聲，整個人摔倒在地，藏在身上的撲克牌也散了出來。

「子言！」詩縈嚇得驚呼，跟著蹲下去搖搖雙眼緊閉的子言。

「對不起！沒事吧？」

別班的男生趕來了，詩縈抬頭一看，那兩個男生一個是肇事者，另一個則是柳旭凱。

「昏倒了嗎？」肇事者小心翼翼地近前打量。

柳旭凱也蹲下，笨拙地喚起她的名字：「吳、吳詩縈，妳還好嗎？」

聽見自己的名字，詩縈一度訝異地看向他，又因爲他的靠近而微紅了臉。子言並沒有完全暈過去，方才的瞬間撞擊讓她痛得沒辦法做任何反應，現在總算能夠慢吞吞地撐起上身，按住發麻的額頭，心裡有點火大。

「誰是吳詩……」她睜開眼，登時住嘴，望望柳旭凱，又望望向她擠眉弄眼的詩縈，呆了幾秒，這才原地坐好，摀著臉，「頭好暈喔……」

「會不會是腦震盪？」詩縈擔心地猜測。

肇事者一聽，嚇得六神無主，不停小聲問身旁的柳旭凱該怎麼辦。

「我先……帶她去保健室好了。」說話的是柳旭凱，在場其他三人的目光全轉向他。他不好意思地躊躇一下，背對子言蹲著，「吳詩縈，我背妳去。」

子言怔怔，拿著求救的眼神朝正牌的詩縈看，但詩縈反倒催促她：「妳快去，萬一眞的是腦震盪怎麼辦？」

於是，子言爬上柳旭凱的背，看看後頭的詩縈在幫忙撿撲克牌，只好乖乖地到保健室去。

詩縈騙人！說什麼「都被拒絕了哪有什麼機會拆穿」，結果現在她非得叫做吳詩縈不可。

一路上他們沒有交談，男生背著女生橫越校園就夠引人注目了，更何況她還是個冒牌貨。那期間她曾因爲觸見柳旭凱紅通通的耳朵而笑出聲，惹得他回頭探望。

她止住笑，發覺自己的手碰觸到陌生的體溫，看了看自己手指搭在他背上的模樣，子言還是將雙手拳握起來擱在上頭，好像那樣就不算是眞的碰到他。

簡單檢查的結果，子言並沒有腦震盪之虞，不過保健室醫師還是建議她回家休息。

「你不用送我，我可以自己回去。」子言坐在床沿，態度十分堅持。

「可是……」他還是滿臉歉意，高高的個子擋住她眼前大半的光線。

「而且，就算要送，也應該是踢球砸我的那傢伙來送吧！」子言不看他，手撐住床，逕自踢起穿著白襪的雙腳，她的腳在光與影之間來回跳躍。

聽她那麼一說，柳旭凱意識到自己的多管閒事，斂起擔憂的面容，不再多說什麼地掉頭離開。

門關上以後，子言注視他離去的方向，窗外波斯菊交織的花影投射在那扇門上，安安靜靜地搖曳著，好漂亮啊！她緩緩停下頑皮的腳。

「啊！忘記說謝謝。」

子言騎上腳踏車，迎面而來的北風稍稍舒緩她的頭暈腦脹，腦袋清醒多了。賣力踩動踏板的時候，回想柳旭凱背她的那一幕，他的肩硬邦邦的，和她四目交接的慌張神情很可愛，子言有那麼一點點能夠了解，爲什麼詩縈會喜歡這個人。

至少就他自告奮勇背她去保健室這點上來說，就可以把他歸類是熱心的大好人了吧！這一點，子言暗暗嫉妒著他，連男生都比她善良。

腳踏車轉個彎，滑進車輛稀少的住宅區。子言跳下車，打開籬笆門，將腳踏車牽到棚下放好，一面摸摸紅腫的額頭，一面找出鑰匙要開門。

「咦？」

門沒鎖，一推就開了一道縫。媽媽或許在家，但放著門不鎖也太粗心了吧！

一襲冷風掃進巷弄，她打起哆嗦，匆匆躲進屋裡。

客廳沒開燈，只有冬天的日光從簾幔半掩的落地窗曬進來，子言才移動腳步，便被自己鞋子的回音嚇一跳。她望住廳中斜射的光線，有細塵的微粒在飛，沒有人在的客廳靜得有點可怕。

沒有人？不對。她微微抬高視線，那束光線的背後陰影站了一個人，是她從沒見過的。那個人並沒有正面對著她，頎長又纖瘦的個子筆直站立，正在專心注視落地窗的方向，透進的微光刷淡了他的身影，不仔細看，還以爲那是一縷漂泊的魂魄。可是他到底是眞實的，稍後注意到子言，才側過頭。

子言屏住呼吸，她第一次見到那樣的瞳孔，一種空洞而冷漠的眼神，像一口乾涸的井，深不見底，再多看幾眼，彷彿會一頭栽進那片未知的黑暗。

然而她移不開視線，分不清是害怕還是被吸引，細細地將他整個人看清楚了。那個人蓄著俐落的短髮，一雙漂亮的單眼皮眼睛，清秀的五官透著鮮明的憂鬱，那憂鬱流瀉了一身，甚至滴淌到他修長的指尖。

他也看著她，又好像並沒有看見她，或者說，她的存在對他而言是無關緊要的，在意義上，就跟周圍沒有生命的傢俱差不多。

「哎呀！子言，妳怎麼回來了？」

媽媽的聲音從廚房響起，打斷他們之間沉默的對視。子言趕緊轉過頭，抓緊書包說：

「我被球打到頭。」

「妳的額頭好腫喔！我看看。」媽媽放下果汁，過來摸她額頭，既擔心又為難，「很紅耶！怎麼辦？我現在有工作，不能帶妳去看醫生……」

「沒關係啦！我在學校有擦藥了，現在想先睡覺。」

「好，快上去吧，我等一下再去看妳。」她笑笑地輕推子言一把。

子言踏了幾層階梯，不禁回頭看一眼，媽媽端著果汁和那個人一起走進書房，自始至終，他都沒有開口說話。

子言的母親是觀護人，專門執行少年保護管束的工作，通常她都和對方約在白天時間進行約談，所以子言很少見到母親工作的對象，只有兩次，一次是學校運動會她提早回家，見到染了一頭金髮的大姊姊向媽媽激動哭訴，那時候起，她就對媽媽的工作感到幾分畏意和好奇。

這麼說起來，那個人是犯了什麼罪了？他看起來那麼人畜無害，沉寂得很，就跟一塊呆板的石頭一樣，能做出什麼傷天害理的事？

「該不會是偷東西吧？」那的確是要保持緘默才能幹的事。

子言窩在床上，將棉被拉到鼻梁，反覆猜測那個人的罪名，她難以想像，一個散發憂鬱氣息的人會做出什麼讓自己更傷心的事，或者，他是因為做了什麼事才如此憂鬱。

那天下午，她在睡著之前，滿腦子所想的都是那個人的眼睛。她知道這個世界上不會再有第二個人會擁有和她如此相似的瞳孔，一種因爲害怕受到傷害而冷漠的眼神，相像得簡直可以把他的眼珠子摘下來再裝給她那樣地契合。

她以爲自己淡漠的情感，終於遇上同伴了。

後來才明白並不是她所想的那麼一回事，不是那麼簡單輕鬆的事。

愛，難道不能小氣一點嗎？我不輕易把愛送給別人，是因為我比較愛自己。

【第二章】

子言其實睡得不好，她一整晚都在作夢。有時自己在柳旭凱的面前，「詩縈」和「子言」兩種身分變來變去的；有時跑著跑著又會踩空，跌落黑不見底的深淵，就跟那個人的瞳孔一樣。

早餐時，子言的視線不時往廚房瞟去，想問清楚昨天在客廳遇到的那個人的事。

「鮮奶有點燙喔！」媽媽將透明杯放在她手邊，又走進廚房不知道在忙什麼。

子言嚥下欲言又止的疑問，就算問了，媽媽應該也不會多說什麼吧，她不喜歡家人接觸她的觀護對象。

「聽說妳昨天被球打到？」

原本在看報紙的爸爸突然出聲，她一開始還沒會意到是在對她講話。匆匆一抬頭，手差點撞倒牛奶。

「喔！對呀，還腫腫的對不對？」她不自覺伸手碰碰額頭，介意自己破了相。

「自己要小心，有需要就要去看醫生。」

「我沒事啦！」

她望望玻璃窗凝結的白色霧氣，今天好像會很冷，眞想在家裡待久一點。然而，當她想起今天在班會有表演時，這個想法立刻被拋在腦後，如同那些容易被遺忘的日常細節一般，隨著分秒流逝，直到就連在現實生活中再也找不到過去時光的蛛絲馬跡，她卻在某個同樣的冬天，獨自回到餐廳自己的座位，趴在桌面上，只要閉上眼，曾經被時間洪流淹沒的一切好像又再浮現出來了。安靜的雪白鮮奶、廚房中白瓷的碗盤碰撞、對面桌子翻動報紙的聲響……伸出手就觸及得到一樣，清晰得叫她捨不得睜開眼。

爸爸放下報紙，拿起披在椅背上的外套，要準備出門了，到了門口又回頭，略略揚起得意的嘴角說：「爸爸這次蓋的房子就在附近，上次跟妳說過了，有經過就去看看啊！」

「喔！」

整頓早餐，似乎只有她和爸爸、她和媽媽在交談，爸媽兩人倒是都沒搭理過對方。

昨天半夜她聽見有吵架的聲音，內容聽不清楚，她也不想聽清楚。以前子言還會跟姊姊默契地拉上棉被，把自己蒙在裡頭，然後比賽誰可以撐得久。

不過姊姊今年離家去別的城市念大學了，媽媽準備送她去搭車前夕，子言望著姊姊雀躍得像隻春天小鳥的臉龐，忽然覺得寂寞。

昨晚她把自己悶在棉被裡，聆聽自己厚重的呼吸時，也很寂寞。

子言騎著腳踏車來到路口，恍惚面對路口另一端的大樓。幾名同樣在等紅燈的路人背後，矗立著被披上綠網的高樓，還在興建中，現在不是開工的時間，鋼鐵做的骨架在水泥灰的內部交錯，看不出外觀的模樣，灰沉沉的，外頭用寫著「施工中，請勿進入」的鐵板圍起來，跟廢棄的大樓好像也差不了多少。

她想起爸爸在飯桌上提到的那棟大樓正是在這裡。爸爸是建設公司的主管，外貌比起實際年齡要年少許多，她常以自己有個「年輕有爲」的帥老爸而感到自豪。這棟大樓就是他負責的，聽說以後要做商業大樓。

「根本看不出來長什麼樣子嘛！」

路上遇見詩縈，她把子言的額頭嘲笑一番，兩人一前一後騎著腳踏車追逐了起來。

下午有班會，導師希望每次班會都有二至三位同學上台表演才藝。

詩縈在保健室被迫穿上粉紅色的蘿莉裝，她拉拉縫了一堆蕾絲的袖子和裙襬，再瞧瞧子言，忍不住抗議：「姚子言！爲什麼妳就不用變裝？」

子言把玩著手上的黑色大禮帽，笑咪咪地看她一眼，「因爲這次的主題是『高中女生和可愛女僕』。」

「妳那是什麼莫名其妙的主題啦！」

「我忘記帶西裝來了嘛！昨晚想事情想得作一堆怪夢，早上嚴重精神不濟。」

「想什麼事啊？」

子言抿著嘴，做起了怪表情，最後還是在詩縈的逼問下，把在家中客廳遇見的那個人說出來。

「他年紀大概多大？」聽完後，詩縈學著子言坐在床沿上。

「嗯……滿年輕的喔！可是一定比我們大，二十初頭吧，不過他瘦巴巴的。」

「二十初頭，又高又瘦，長得又不賴，很安靜，觀護中……然後呢？」

「啊？」

「妳幹麼對他那麼在意？」

子言瞠目結舌地和詩縈面面相覷，一會兒才試著理直氣壯地反駁回去，「換作是妳，難道不會好奇嗎？比如，他到底犯了什麼罪？做過什麼壞事？」

「不會，那是妳媽的工作啊！更何況，除非妳又剛好早退，不然再見到那個人的機會少之又少吧！」

「……話是沒錯啦……」

不虧是理性的詩縈，子言無話可說，只好悶悶地踢起腳。詩縈瞥她，又低頭玩弄身上多得不像話的蕾絲，然後受不了心急，再次掉頭發問：「昨天……柳旭凱把妳送到保健室，然後呢？」

「啊？沒然後啊！他走了之後，我就回家了。」

子言不去看急欲知道詳情的詩縈，不敢讓她知道自己這冒牌貨對柳旭凱怪冷淡的。

「你們沒說什麼話嗎？總是會聊點什麼吧？」

詩縈依舊不死心，子言佯裝努力地回想，還是對她搖頭。

「他說要送我回家，我說不用，就這樣。」

「哎唷！妳怎麼不多聊一點？」詩縈沮喪地垮下肩膀。

「我又不認識他，要聊什麼？」

「你們有機會交談了，起碼多問問他的興趣啦、喜歡的女生類型啦！」

「那我問妳，妳知道他家在做什麼的嗎？他有沒有兄弟姊妹？」

輪到詩縈語塞，她無辜地噘起嘴，「還沒調查那麼多嘛！」

「真奇怪，妳好像只知道世界上有他這個人，就喜歡上他了。」

「難道一定要把他調查清楚才能喜歡他嗎？」

「換作是我，起碼對他要有相當的認識，評估利弊以後呢，再決定要不要喜歡這個人。」

「還評估利弊呢！妳又不是要做生意，『喜歡』是一種意念，不是動作，沒辦法說停就停。」詩縈竟然理直氣壯得有點生氣了，「而且，上次我看見他扶他們班拄枴杖的同學上樓，他一定很好心！而且，他還記得我的名字，一般人會記得那麼清楚嗎？更何況，妳別忘了，妳被球砸到，是他主動說要背妳去保健室的喔！」

子言困擾地蹙起眉頭，詩縈不是被判出局了嗎？爲什麼還要這麼在乎他的事？這麼幫他講話？就算他人眞的不錯，或者他有比其他人還要特別的地方……

她注視著保健室的門，窗外的花影依舊輕慨地映在上頭。

「他的……」

「唔？」

聲音哽在咽喉，子言閉上嘴，面對詩縈登時熠熠發亮的眼眸，傻笑，「好啦！下次有機會再幫妳問。」

他的背很寬，五隻手掌不知道夠不夠丈量。

她似乎不能那麼說，子言想。

班會時間，子言帶著詩縈在講台上表演魔術，子言活潑俏皮，詩縈還是放不開，忸怩地幫忙端拿大禮帽。底下男生對她誇張的蘿莉裝扮不時吹口哨叫好，她難爲情得幾乎沒有抬起過頭，唯一的一次，詩縈才剛把眼睛揚高，便撞見外頭走廊上柳旭凱和那位踢球打中子言的男生走過來了。

「啊！」她發出小小的喉音，嚇得鬆了手，禮帽一下子掉在地上，裡頭的彩帶、布偶、書和一堆雜七雜八的東西全散落出來。

子言瞪大眼，不敢置信地望向詩縈，只見詩縈滿臉通紅，一副只想往地洞鑽的模樣。

「欸！你看！」

同學推推柳旭凱，要他瞧瞧這個班級的前方。柳旭凱正好見到禮帽被打翻，子言和詩縈狼狽地呆在台上。

他淺淺露出微笑，同學湊近前看，大呼眞是奇觀，「那不是昨天那兩個女生嗎？哇！眞的蘿莉裝耶！太猛了吧！」

班上哄堂大笑，子言反應快，「嘿嘿」一笑，拿起禮帽，做個下台一鞠躬的帥氣姿勢，然後拉著詩縈跑下去，同學很給面子地爆出響亮的掌聲。

她在桌椅狹窄的走道間奔跑，眼角捕捉到外頭的柳旭凱，和他不自然地四目交接一下，單是那一眼，她便讀出他再次見到她的複雜心緒，子言迅速收起視線，馬上回到座位坐好。

有點喘，子言深呼吸一口氣，等平靜了，再轉頭看旁邊的詩縈，詩縈整個人趴在桌子上，八成有種了無生趣的挫敗感吧！

原來詩縈的失手是因爲柳旭凱經過的關係，那，她剛剛在走道上心跳突然漏跳一拍又是爲什麼？

「妳眞是太不夠意思了！竟然見色忘友！」

下課後，子言對詩縈大聲抱怨，詩縈雙手合十，拚命討饒，「對不起啦！我也被自己的反應嚇一跳啊！眞的對不起啦！」

「被嚇一跳的人是我！我的可愛女僕窩裡反了！」她很認眞地假裝生氣。

「哎唷！妳也站在我的立場幫我想一想嘛！被喜歡的男生看見自己穿蘿莉裝耶！簡直是生不如死……」

「算了，算了，反正對妳來說，愛情比較重要吧！」

「沒有啦！再怎麼說，當然是朋友最重要！」詩縈摟住子言，「不要拋棄我啊！好友。」

「嘻嘻……」因爲詩縈靠得太近，連她慣用的外國牌子的乳液味道也聞得到，說話的時候氣都吹到自己頸子上，子言因而癢得笑起來，「好啦！拜託妳離我遠一點，好癢喔！」

教室內外穿梭著下課時分的喧鬧，彷彿人生最燦爛、最無憂的時刻就在這裡。而她忙著歡笑，從沒想過有些稀鬆平常的話並不會隨著時間過去，不會照著想要逃避的私心而被輕易忽略。當有一天「見色忘友」這句話語從這片紛亂和詩縈身上淡淡的香氣中被再次提起，她才明白人生總有什麼不是眞的過去，還是會回來的。

那一次卻沒有伴隨笑語。

那天放學，子言從車棚牽了腳踏車出來，走沒幾步就遇上準備排隊上校車的人潮，柳旭凱的身影十分顯眼，只有他的個子是那麼修長勻稱，爲了什麼事而哈哈大笑的表情很稚氣，作勢向同伴揮拳的動作也頗有陽剛味，這麼陽光的男生，喜歡他的女生一定不少。

她才發現他，他也在下一秒注意到她的存在，稍稍停頓前進的腳步。

爲什麼以前從不會在意的人，一旦認識之後，巧遇的機會也跟著莫名其妙地變多了？

子言原本想跳上車閃人，後來又想起要幫忙維護「詩縈」的形象，上次連道謝都忘記說，這一次可不能再失禮了吧！

她猶豫片刻，忽然咧開嘴，露出兩排潔白的牙。柳旭凱因爲她那扮鬼臉般的笑容而愣一下，等她飛快騎著腳踏車走了，留下長長的馬尾滑溜地蕩呀蕩，這才情不自禁失笑，笑得連身旁同伴都一頭霧水。那個女生的表情眞的好多喔！

笨透了！呆透了！她爲什麼不揮揮手就好？擺那什麼怪表情嘛！

要把剛剛笑得不倫不類的自己拋在腦後似的，子言死命踩著踏板，懊惱起當初答應假扮詩縈的要求，後悔認識柳旭凱這號人物，打從那天起，根本就沒有什麼好事！

「咦？一下子就到這裡啦？」

當子言環顧自己身在何處，發現已經來到爸爸所負責的那棟大樓旁，她趁紅燈跳下車，摸摸坐疼的屁股，稍微調整呼吸。

大樓裡外早有不少工人在走動，比起清晨時分要有生氣許多。

子言的目光從大樓頂端沿著水泥灰的樑柱往下，再往下，直到瞥見有個年輕工人自顧自地坐在外頭，咬著手裡的麵包，又順手撕了一小片丟給腳邊的貓兒。

那隻貓餓壞般地衝上去，兩三下就把麵包吞到肚子裡了，那隻貓……

一道寒意從腳底竄上背脊，方才騎快車的熱意全消散了！子言驚恐地睜著眼，慢慢認出那隻貓正是從前她在路口遇見的那一隻，雪白的毛色，伴著棕褐的大斑點，是牠沒錯！可是、可是牠已經被車撞到，當時倒在地上動也不動，應該是死了啊！難不成活過來了？

所以、所以人家才說「九命怪貓」嗎？

那位年輕工人原本專心地啃咬麵包，後來注意到前方的女學生不停朝那隻貓看，他停頓好一會兒，將嘴裡的麵包吃完，把剩下一半的麵包擱在地上，隻手抱起那隻貓，起身，闊步走到子言面前。

子言因爲貓的靠近而緊張後退，撞倒了單車，發出好大聲響，她卻依然直視著貓，唯恐牠再接近自己分毫。

工人低眼瞧一瞧躺在地上的車子，翹高的輪子輕輕打起轉。

「是妳的貓嗎？」異常低沉的嗓音。

「咦？」子言猛然抬頭，望向他似曾相識的溫和面容，用力搖頭，「不是！」

他聽了，又看了手上完全不作掙扎的貓兒一眼，輕淡地哼一聲，「不是嗎？」

因爲他慢調子的性情，子言原本紛亂的情緒漸漸平撫下來了，她歪起頭，仔細打量他那張些許恍惚的側臉，努力回想出來的記憶化作簡單的素寫，輕輕重疊在他身上。

「啊！」

子言在心中大叫，是在客廳出現過的那個人！她不會認錯的，雖然穿著髒髒的工作服，臉上也有幾抹泥灰，可是他那雙不定焦在任何一處的眼睛，就跟她第一次見到他的那一天一模一樣，黑得深邃，黑得不見亮光。

他彎身把貓放下，走向大樓，貓兒在後頭不遠不近地跟著。

「請問一下！」

她出聲，那個高瘦的背影打住腳步，回頭，困惑的臉龐更顯出他原來的眉清目秀。

「那個……那隻貓，一直都在這裡嗎？」

「……不知道，昨天這個時候自己過來，吃飽又走了。」

子言細細端詳那隻在他腳邊來回走動的貓，大了一些，右後腿有點一跛一跛的，而她可以這麼想嗎？當時躺在路口的那隻小貓幸運地存活下來了，或許有一個比她還好心的人救走了牠，因此如今牠還是活生生的。

「我以爲牠早就死了，幸好還活著……」

她不自覺紅了眼眶，明明是爲了小貓而高興，卻以爲眼淚會掉下來，感到某一部分的罪惡終於得到了原諒。

這一次，年輕工人的視線轉移到她身上，認眞地、若有所思地凝視她慶幸的神情。子言驀然發現他的目光，暗暗驚訝。在這裡待了好一會兒，他彷彿現在才算是眞的注視著她，他的眼神不再虛無，反而深沉得宛如隱藏了許多故事一樣。

然而年輕工人卻沒有說出任何一個故事，倒是掉頭面向旁邊倒下的腳踏車。

「車。」他說。

「唔？」

「妳的車。」

他還是沒把話講完整，倒是近前把它扶起來，把手撞得有點歪，他使勁一扭，將把手回正。

這個人好瘦，從袖口露出的胳臂卻比想像中還有肌肉。

這時大樓裡的工頭粗魯吆喝他趕快上工，他默默頷個首，又轉向子言。

「貓，要帶回去養嗎？」

他又開口了，沒有表情的聲音和臉孔，不多話，簡短的句子偶爾會間雜單字。

「我家不能養。」她生硬回答，還鼓起勇氣反問：「你不是在養牠？」

他的面容轉為懵懂，似乎需要時間吸收她的問題，順便確認自己算不算在飼養這隻野貓。「沒有。牠來，我又剛好有麵包，就餵牠。」

「牠喜歡吃麵包嗎？」

貓不是吃魚和老鼠嗎？

「……我只給過麵包。」

「……」

子言抿起唇、眉一皺，開始對自己今天的行逕感到惶恐和納悶，站在施工中的大樓外，和不認識的人討論貓的喜好，是不是很奇怪啊？

誰知那個人不再搭腔，逕自朝大樓走去。

「啊……」子言想叫他，卻不知道該怎麼稱呼那個人。「腳踏車的事謝謝你！還有，我家裡雖然不能養貓，可是我會帶東西來給牠吃！」

這一回，他沒有回頭，只是待在原地聽她說完，便拿起擱在地上的麵包往口袋塞，另一隻手拎起土氣的工地帽，走進那棟灰色調的大樓，貓兒跟著他一起再也看不見蹤影。

子言又逗留一陣子，才騎上腳踏車離開。他不記得她了嗎？那天額頭腫了一個大包的女孩子，應該很好認啊！

路上，心情亂矛盾的，她好想馬上打電話告訴詩縈遇見那個人的事，但，另一方面又想私自將它當成自己的祕密，那個人很適合祕密。

回到家，媽媽已經在準備晚餐，再晚一些，爸爸也提早回來了，子言從旁觀察又開始交談的兩人，大概和好了吧！

飯桌上，爸爸隨口問起有沒有去看看那棟大樓，她說有。

「妳覺得怎麼樣？」

她含著白飯支吾半晌，說：「就很大棟啊！」

你認不認識在你底下工作的那個人呀？她其實是想這麼問。

「那棟房子還在蓋，你問得太早了吧！」媽媽心情不錯地幫忙吐槽。

子言又夾起一口飯，偷偷瞅著媽媽的同時，也暗暗下了決心。

她在幫忙洗碗的時候，裝作漫不經心地提起那個人的事，「媽，那天我不是被球打到頭早退嗎？來家裡的那個人是誰呀？」

「妳怎麼會突然問這個？」媽媽將洗好的餐盤一一遞給她，手沒停下。

「好奇嘛！」

她笑起女兒的好奇，「也是一個需要幫助的人哪！」

「他怎麼了？」

面對不死心的追問，媽媽終於放下手，沒轍地吐氣，「還不是老樣子，一失手成千古恨，現在很努力地做人就是了。好啦！這種事妳不用知道得太多，等一下記得按『烘乾』喔！」

一失「手」成千古恨？所以他真的偷了什麼東西是嗎？總覺得他不像是會做這類事情的人。

他感覺……溫吞吞的，胸無大志，一點也不靈敏。

可是媽媽已經卸下圍裙，走出廚房，完全不讓她有深入了解的機會。

子言心不在焉地將餐盤擺進烘碗機，想著今天遇見那個人的經過，直到出神。

她不只想知道那個人犯了什麼罪、做過什麼壞事，還想知道他的名字。

像他那樣的人，會有什麼樣的名字呢？

總不能老是叫他「那個人」吧？

愛，在付出的開始，往往會將對方預設為好人；換句話說，能夠得到愛的，非得是好人才可以。

是幸福，是寂寞

【第三章】

「啊！」推開理化教室的門，子言下意識地輕呼。

教室裡頭原本埋首在櫥櫃找東西的人影聽見聲響，回過身，同樣一怔。

這間教室並沒有開燈，子言站在門口背光的身形乍看像剪影，長到腰際的馬尾很好認。

他們兩兩無言地對視幾秒鐘，子言才生澀地說：「我來……拿量杯。」

她把音量降低了些，在這間密閉又空曠的理化教室，一舉一動都擦撞得出回音。

「喔……我也是。」柳旭凱對著櫥櫃聳聳肩，「可是還沒找到。」

「我也來找。」

子言走上前，到隔壁的櫥櫃翻找起來，柳旭凱也繼續動手，他們製造出來的噪音暫時充斥在沉默中。那期間，子言曾經蹲下去找底下的抽屜，嘴裡還碎碎唸著「怎麼沒有」。

柳旭凱停下手，看她孩子氣地邊嘟噥邊探頭搜找，那頭馬尾幾乎就要掃到地上。

「頭髮好長喔！」

「唔？」

她驀然仰頭，害他嚇一跳。「呃……我剛說，妳的頭髮，很長。」

「這個呀！」她得意地抓了一把長髮到胸前，「長頭髮比較有神祕感嘛！表演魔術不是神祕一點比較好嗎？」

「妳很喜歡魔術喔？」

似乎因爲出現能夠討論的話題，他的神情和口吻都放鬆多了。

「喜歡呀！小時候看我爸表演過，就很喜歡了。」

「妳爸也玩魔術啊？」

「哈！沒有啦！他應該是想逗我，才特地變把戲的，我看他會的也只有那一招而已。啊！找到了！」

子言開心地把量杯一一搬出來，柳旭凱一道幫忙，沾上一層灰塵的量杯很快就擺滿一桌。

子言忽然興起，抽出三個量杯，手法熟練地將它們的位置輪流洗牌。柳旭凱驚奇地看著她細長的手指宛如跳起舞一般，讓旋轉的量杯所折射的光點在昏暗中閃耀，就像被施了魔法，而她懷念的語調悠悠穿梭其中。

「我爸當時就是拿出三個不同顏色的杯子，把銅板放進其中一個，然後要我猜它最後會在哪一個杯子裡，我每次都沒猜中，好不服氣。」

柳旭凱笑笑，「那個魔術我同學也有玩過，不過他玩得很糟，一定會露餡。」

「哈哈！我也會耶。啊！我失敗那天就被你看到了嘛！」

「妳是說有穿著蘿莉裝的同學在幫忙的那一次嗎？」他細心挑選出比較乾淨的量杯給她，「對了，忘了先算我們需要幾個，妳要幾個？」

蘿莉裝？她突然想起詩縈的交代，要多打聽關於他的二三事的，眞尷尬耶！要怎麼問？子言瞟瞟他，再瞧瞧天花板，雙手背在身後不安分地交纏起來。「我問你喔，你喜歡怎麼樣的女孩子？」

柳旭凱原本在挑量杯，被她沒頭沒腦地一問，緊張得摔掉了一個杯子。幸好子言及時彎身，一個箭步接住它。

她拍拍胸脯，他則驚魂未定地結巴起來，「妳怎麼、怎麼突然問這個？」

「因爲我被你拒絕啊！當然會想知道你喜歡的女生類型。」

話是這麼說沒錯，可是他怎麼覺得她並沒有把「被拒絕」當一回事，完全沒有絲毫的負面情緒，反而很大方。

「說一下吧！別那麼小氣。」子言催促著。

他爲難搔著頭，偶爾瞥瞥她期待的表情，後來才勉爲其難地回答：「我沒想過這個問題，我想，應該是懂事、溫柔、還有……」

「你說得太籠統了，外表呢？例如，長頭髮？短頭髮？」

「嗯……長頭髮……」他打住，撞見子言那頭飄逸的黑髮，連忙慌張改口：「不對，頭髮長度不超過肩膀，個子不要太高……」

頭髮長度不超過肩膀，個子不要太高，溫柔又懂事……子言恍然大悟地拍個手，這不是在說詩縈嗎？詩縈一定是他喜歡的類型啦！

柳旭凱根本摸不清她葫蘆裡賣的是什麼藥，只想早點結束這個話題。「我先把剩下的量杯放回去。」

「喔！我也來。」

他忙著把那一堆量杯擺回去，子言跳到他身邊幫忙，一面忙，還不忘若無其事地打聽其他事。

「對了，你喜歡什麼顏色？」

「唔？紅色吧！」

這麼一說，子言就想起來了，詩縈帶她到公車站偷看柳旭凱的那天，他腳上穿的就是紅色球鞋，她想問問那雙鞋的下落。

這時，柳旭凱這邊的櫥櫃已經擺滿了，子言那邊的還有空位，他探身過去，將杯子放到她的面前。子言縮回手，剎那間忘記自己要問的問題。

他貼近的臉龐放大許多，長長的睫毛彎出了漂亮的弧度，她的胸口彷彿是被那道彎弧搔到，揪了一下。

放大的不只有他的臉，還有這空間令人耳鳴的寂靜、空氣中混雜化學藥劑味道，以及她的心跳聲。

她屏住呼吸，靜靜感受他靠近的體溫，一方面深怕自己加速的心跳會被他聽見，胸口一瞬間變得好燙，就像金星燃燒那般炙熱，在玻璃量杯喀噹喀噹的碰撞聲中熊熊燃燒著。儘管如此小心翼翼，當柳旭凱的劉海髮梢擦過她鼻尖之際，子言還是忍不住倒抽一口氣。他聽見微小聲響而側頭，正好觸見子言的雙頰泛起可愛的紅暈，因而愣住了。

被發現了！子言頓時覺得狼狽，胸口的高溫迅速退去，全轉移到臉上，她受不了這陣困窘，乾脆抽身站起。

這時教室外傳來詩縈尋找她的聲音：「子言！」

【《是幸福，是寂寞》未完，待續】

國家圖書館出版品預行編目資料

花的姿態／穹風著. -- 初版. -- 台北市：商周, 城邦文化出版：家庭傳媒城邦分公司發行, 民 97. 06
面 ； 公分. --（網路小說；110）

ISBN 978-986-6662-59-1（平裝）

857.7 97006954

花的姿態

作　　者／穹風
副總編輯／楊如玉
責任編輯／陳思帆

發 行 人／何飛鵬
法律顧問／台英國際商務法律事務所　羅明通律師
出　　版／商周出版
台北市中山區民生東路二段 141 號 9 樓
電話：(02) 2500-7008　傳真：(02) 2500-7759
email ： bwp.service@cite.com.tw
發　　行／英屬蓋曼群島商家庭傳媒股份有限公司城邦分公司
聯絡地址：台北市中山區民生東路二段 141 號 2 樓
書虫客服服務專線： 02-25007718 ・ 02-25007719
24 小時傳真服務： 02-25001990 ・ 02-25001991
服務時間：週一至週五 09:30-12:00 ・ 13:30-17:00
郵撥帳號： 19863813　戶名：書虫股份有限公司
讀者服務信箱 email ： service@readingclub.com.tw
歡迎光臨城邦讀書花園　網址： www.cite.com.tw
香港發行所／城邦（香港）出版集團有限公司
地址：香港灣仔軒尼詩道 235 號 3 樓
email ： hkcite@biznetvigator.com
電話：(852)25086231　傳真：(852) 25789337
馬新發行所／城邦（馬新）出版集團
Cite(M)Sdn. Bhd.(458372U)11, Jalan 30D/146, Desa Tasik, Sungai Besi, 57000 Kuala Lumpur, Malaysia.
電話：(603)9056 3833　傳真：(603) 9056 2833

版型設計／小題大作
封面繪圖／文成
封面設計／山今伴頁
電腦排版／浩瀚電腦排版股份有限公司
印　　刷／鴻霖印刷傳媒事業有限公司
總 經 銷／農學社
電話：(02)2917-8022　傳真：(02)2915-6275

■ 2008 年（民 97）6 月 3 日初版　　Printed in Taiwan
■ 2008 年（民 97）9 月 19 日初版 16 刷

定價／ 200 元

ISBN 978-986-6662-59-1

商周出版

廣　告　回　函
北區郵政管理登記證
台北廣字第 000791 號
郵資已付，免貼郵票

104 台北市民生東路二段 141 號 2 樓
英屬蓋曼群島商家庭傳媒股份有限公司　城邦分公司

請沿虛線對摺，謝謝！

商周出版

書號:	BX4110	書名:	花的姿態	編碼:	

商周出版

讀者回函卡

謝謝您購買我們出版的書籍！請費心填寫此回函卡，我們將不定期寄上城邦集團最新的出版訊息。

姓名：＿＿＿＿＿＿＿＿＿＿＿＿＿＿＿＿＿＿＿＿　性別：□男　□女

生日：西元＿＿＿＿＿＿＿＿年＿＿＿＿＿＿＿＿月＿＿＿＿＿＿＿＿日

地址：＿＿＿＿＿＿＿＿＿＿＿＿＿＿＿＿＿＿＿＿＿＿＿＿＿＿＿＿＿＿

聯絡電話：＿＿＿＿＿＿＿＿＿＿＿＿＿傳真：＿＿＿＿＿＿＿＿＿＿＿＿＿

E-mail：＿＿＿＿＿＿＿＿＿＿＿＿＿＿＿＿＿＿＿＿＿＿＿＿＿＿＿＿＿＿

學歷：□ 1.小學　□ 2.國中　□ 3.高中　□ 4.大專　□ 5.研究所以上

職業：□ 1.學生　□ 2.軍公教　□ 3.服務　□ 4.金融　□ 5.製造　□ 6.資訊

□ 7.傳播　□ 8.自由業　□ 9.農漁牧　□ 10.家管　□ 11.退休

□ 12.其他＿＿＿＿＿＿＿＿＿＿＿＿＿＿＿＿＿＿＿＿＿＿＿＿＿＿＿＿

您從何種方式得知本書消息？

□ 1.書店　□ 2.網路　□ 3.報紙　□ 4.雜誌　□ 5.廣播　□ 6.電視

□ 7.親友推薦　□ 8.其他＿＿＿＿＿＿＿＿＿＿＿＿＿＿＿＿＿＿＿＿＿＿

您通常以何種方式購書？

□ 1.書店　□ 2.網路　□ 3.傳真訂購　□ 4.郵局劃撥　□ 5.其他＿＿＿

您喜歡閱讀哪些類別的書籍？

□ 1.財經商業　□ 2.自然科學　□ 3.歷史　□ 4.法律　□ 5.文學

□ 6.休閒旅遊　□ 7.小說　□ 8.人物傳記　□ 9.生活、勵志　□ 10.其他

對我們的建議：＿＿＿＿＿＿＿＿＿＿＿＿＿＿＿＿＿＿＿＿＿＿＿＿＿＿

＿＿＿＿＿＿＿＿＿＿＿＿＿＿＿＿＿＿＿＿＿＿＿＿＿＿＿＿＿＿＿＿

＿＿＿＿＿＿＿＿＿＿＿＿＿＿＿＿＿＿＿＿＿＿＿＿＿＿＿＿＿＿＿＿

＿＿＿＿＿＿＿＿＿＿＿＿＿＿＿＿＿＿＿＿＿＿＿＿＿＿＿＿＿＿＿＿